KB245505

大中原
대중원

임영기 新무협 판타지 소설

FANTASTIC ORIENTAL HEROES

대중원 3

임영기 新무협 판타지 소설

초판 1쇄 찍은 날 § 2011년 3월 16일
초판 1쇄 펴낸 날 § 2011년 3월 23일

지은이 § 임영기
펴낸이 § 서경석

총괄팀장 § 유경화
편집 § 주소영

펴낸곳 § 도서출판 청어람
등록번호 § 제1081-1-89호
등록일자 § 1999. 5. 31
어람번호 § 제2-2060호

주소 § 경기도 부천시 원미구 심곡2동 163-2 서경B/D 3F (우) 420-822
전화 § 032-656-4452 팩스 § 032-656-4453
http://www.chungeoram.com
E-mail § chungeoram@chungeoram.com

ISBN 978-89-251-2460-5 04810
ISBN 978-89-251-2440-7 (세트)

대중원

F A N T A S T I C   O R I E N T A L   H E R O E S

大中原

임영기 新무협 판타지 소설

3

운종룡(雲從龍)

도서출판 청어람

目次

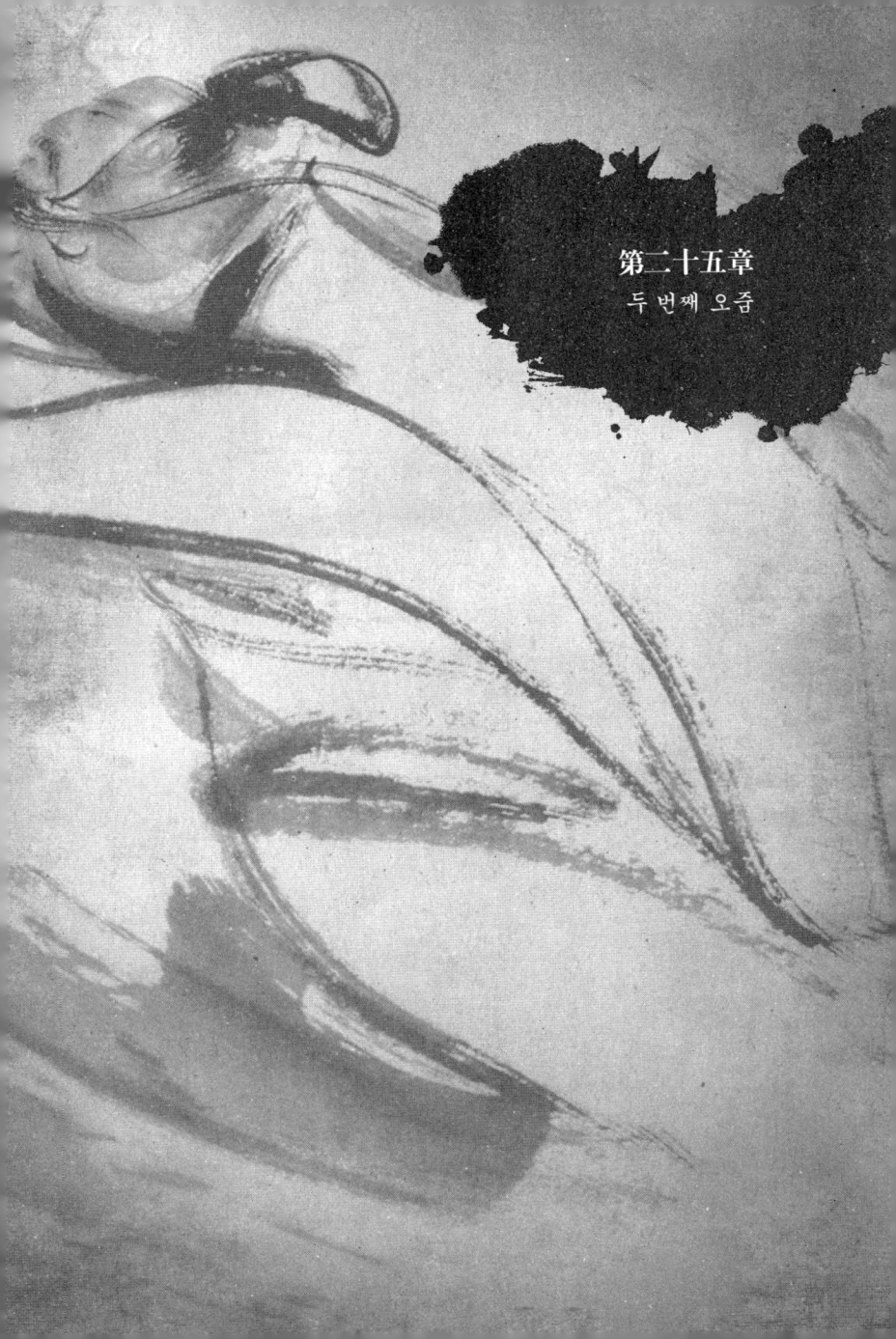

第二十五章

두 번째 오줌

大中原

그긍!

한매궁의 전문이 육중하게 열렸다.

이어서 화려한 백의경장 차림의 한매선 고선이 삼십여 명의 무사를 이끌고 모습을 드러냈다.

조금 전에 그녀는 무사의 보고를 받고 반신반의했으나 막상 전문 앞의 광경을 자신의 눈으로 직접 목격하고는 와락 눈살을 찌푸렸다.

"뭐야, 이것들은!"

한눈에도 이들이 소수민족의 여러 부족이라는 사실을 알아볼 수가 있었다.

그녀의 말인즉, 이들이 왜 갑자기 한매궁 전문 앞에 떼거리로 몰려왔느냐는 것이다.

물론 고선은 이들을 보는 순간 퍼뜩 떠오르는 생각이 있었다. 한매궁 뇌옥에 감금되어 있는 소수민족 여자들이 반사적으로 떠오른 것이다.

하지만 이들이 그 사실을 알고서 몰려왔을 것이라고는 생각하지 않았다. 절대로 그럴 리가 없다.

이른 아침이라서 대로는 한가했으나, 다섯 부족 칠백여 명이 대로를 완전히 점령하고 있는 바람에 아무도 그 길로 지나가지 못했다.

고선은 앞으로 세 걸음 걸어나가서 멈추고 그들을 한차례 쓸어보고 나서 냉랭하게 호통을 쳤다.

"당장 물러가지 않으면 치도곤을 내주겠다!"

그녀는 그들이 무엇 때문에 몰려왔는지에 대해서도 아예 묻지 않았다.

소수민족이라는 자체를 하찮은 벌레처럼 여기기 때문이다. 한족들도 자신보다 못한 인간들을 멸시하는 그녀인데 소수민족에게는 오죽하겠는가.

그녀가 호통을 쳤는데도 다섯 부족 칠백여 명은 꿈쩍도 하지 않았다.

"이놈들이?"

고선은 아미를 상큼 치켜뜨며 성난 표정을 지었다.

그때 무리의 맨 앞 한가운데에 있던 사십대 중반의 장족 복장을 한 우람한 체구의 텁석부리 인물이 앞으로 한 걸음 나서더니 진중한 표정으로 입을 열었다.

"한매궁 뇌옥에 우리 다섯 부족의 여자들이 감금되어 있는 사실을 알고 있소. 그녀들을 내놓으시오."

유창한 한어다.

"뭐… 라?"

여걸(女傑)인 고선이지만 그 말을 듣고는 일순 당황해서 말을 잇지 못했다.

장족 복장의 중년인은 장족의 족장이다. 그는 고선이 놀라는 것을 보고 고삐를 바짝 잡아당겼다.

"그녀들을 내놓지 않으면 가만히 있지 않겠소."

그 말을 위협이라고 느낀 고선은 발끈했다. 자신이 소수민족 여자들을 감금하고 있다는 사실에 대해서는 터럭만큼도 잘못했다는 생각을 하지 않았다.

"건방진 놈! 내가 누군 줄 알고 함부로 지껄이느냐?"

"한매선 고선. 소수민족 젊은 여자들을 납치하여 노예로 팔아먹는 악녀."

장족 족장 보이륜(寶梨倫)은 은은히 노한 표정으로 고선을 똑바로 주시하며 한 자 한 자 똑똑히 말했다.

그러나 고선은 화를 내지 못했다. 보이륜이 너무도 정확하게 정곡을 찔렀기 때문이다.

"너……."

"어서 여자들을 내놓으시오!"

보이륜이 쩌렁한 목소리로 호통을 쳤다.

"이놈들이?!"

그러자 고선 뒤쪽에 늘어서 있던 삼십여 명의 무사들 중 홍의단삼을 입은 이십칠팔 세가량의 청년이 고선 앞으로 나서면서 어깨에 메고 있는 검파를 잡고 와락 인상을 썼다. 수틀리면 검을 뽑을 기세다.

그자는 고선의 심복으로 이름이 사도풍(司徒風)이며, 쇄룡검(殺龍劍)이라는 그럴싸한 별호를 갖고 있다. 또한 그는 한매궁에 소속된 모든 무사들의 우두머리이기도 하다.

"죽고 싶으냐?"

사도풍은 어깨의 검파를 잡은 채 발을 구르며 윽박질렀다.

"죽일 테면 죽여라!"

그러나 보이륜은 물러서지 않고 성난 표정으로 맞섰다.

그러더니 그가 그 자리에 무릎을 꿇고 앉자 칠백여 명이 일제히 무릎을 꿇었다.

그것은 반항하지 않을 테니까 죽이려면 어디 죽여보라는 무언의 저항이었다.

"이놈들……."

사도풍은 겁을 주려고 했으나 먹히지 않자 일그러진 표정으로 씨근거렸다.

그러나 검을 뽑지는 못하고 착잡한 얼굴로 고선을 돌아보았다. 어떻게 할 것인지를 묻는 것이다.

그즈음 다섯 부족의 양쪽으로 사람들이 모여들고 있었다. 진원현 사람들인데 행인도 있고 소란스러움 때문에 무슨 일인지 궁금해서 나와 본 사람들도 있었다. 그리고 시간이 지날수록 사람들이 점점 더 많아졌다.

고선의 얼굴이 붉어지고 있었다. 끓어오르는 분노를 억누르고 있었기 때문이다.

그녀가 아무리 진원현에서 세력과 권세가 높다고 해도 많은 사람들이 보는 앞에서 소수민족들을 죽이거나 함부로 대할 수는 없는 노릇이라서 제 딴에는 죽을힘을 다해서 참고 있는 것이었다.

이들을 강제로 해산시킬 수도 없다. 칠백여 명이나 되는 청장년들을 무슨 수로 해산시킨단 말인가.

그렇다고 해서 이대로 지켜보고만 있을 수도 없는 일이다. 조금 더 시간이 지나면 사람들이 더 모여들 테고, 그리되면 진원현청이나 진원분타에서도 나올 것이다.

고선이 진원현청과 진원분타를 안중에도 두지 않는다지만, 그들의 입장을 전혀 생각하지 않을 수 없다.

많은 현민들이 지켜보고 있는 상황이라면 진원현청이나 진원분타도 가만히 있을 수만은 없는 일이었다.

소수민족 편에 서서 뭔가 도움을 주는 시늉이라도 해야 하니까 말이다.

그러나 고선은 화가 치밀어 오르는 것을 꾹꾹 참으면서 궁리를 하는데도 뾰족한 해결책이 생각나지 않았다. 답답하고 미칠 노릇이다.

"궁주, 저기."

그때 무사 한 명이 오른쪽을 가리켰다.

무심코 그쪽을 쳐다보던 고선이 갑자기 반사적으로 화들짝 놀라 자신도 모르게 낮은 비명 소리를 냈다.

"앗!"

그녀가 쳐다보고 있는 방향에서는 진검룡이 경혼조원 여섯 명을 이끌고 보무도 당당하게 걸어오고 있었다.

진검룡을 발견한 고선의 맨 처음 반응은 공포였다. 얼굴 가득 두려움이 떠올랐다. 아마 한밤중에 귀신을 본 아이의 표정이 이럴 것이다.

사도풍은 고선의 얼굴에 떠오른 공포를 보고 움찔 놀랐다. 그녀를 모신 지 오 년이 다 됐지만 그런 모습은 처음 보았기 때문이다.

그가 '고선' 하면 제일 먼저 떠오르는 것은 '자신감' 이다. 그리고 그다음이 도도함과 오만함, 패기 등이다.

그런데 지금은 그런 것들이 깡그리 사라지고 얼굴 가득 공포를 떠올리고 있었다.

사도풍은 반사적으로 고선이 바라보고 있는 사내를 쳐다

보았다.

방갓을 깊숙이 눌러쓰고 있는 사내다. 사도풍도 키가 큰 편인데, 방갓인은 그보다 한 뼘 정도 더 컸다. 마른 듯한 체구지만 딱 벌어진 어깨와 절도있는 걸음걸이, 긴 하체가 눈에 띄었다.

그러나 무엇보다도 방갓 아래로 드러난 각진 턱의 선과 구레나룻, 그리고 꾹 다문 입술이 너무나도 강인해 보였다.

사도풍은 방갓인의 외모를 보는 것만으로 위압감 때문에 몸이 움츠러드는 것을 느꼈다.

그러나 그는 곧 두 눈에서 살기를 뿜어냈다. 자신이 순간적이나마 방갓인에게 위압감을 느꼈다는 사실이 수치스러웠으며, 고선이 그런 자에게 공포를 느끼고 있다는 사실 때문에 느낀 분노가 겹쳐졌기 때문이다.

방갓인은 고선을 향해 곧장 걸어오고 있었다.

사도풍은 힐끗 고선을 쳐다보았다. 그런데 그녀의 얼굴에는 공포가 씻은 듯이 사라졌고 대신 분노와 살기가 겹쳐서 떠올라 있었다.

그날 밤에 진검룡에게 당했던 일 때문에 공포를 느꼈던 그녀는 곧이어 치욕을 느끼고 살기를 떠올린 것이다.

"궁주, 제가 처리하겠습니다."

사도풍은 고선의 대답도 듣지 않고 진검룡을 향해 곧장 마주 걸어갔다. 평소에 그는 자신이 고선의 그림자라고 자처하고 있었다.

고선은 그를 말리지 않았다. 그녀는 사도풍의 실력을 믿고 있었기 때문에 그러면 진검룡을 꺾을 수 있을 것이라고 기대했다.

사도풍과 진검룡과의 거리는 삼 장 남짓이다. 사도풍은 걸어가는 듯하다가 돌연 신법을 전개하여 지면을 박차고 곧장 쏘아가며 검을 뽑았다.

차앙!

발검할 때 거리는 일 장으로 좁혀들었다.

쉬이익!

사도풍은 발검하는 동작을 그대로 이어서 진검룡의 방갓 꼭대기를 세로로 쪼개어갔다.

간결하고도 깨끗한 솜씨며 무척 빠른 동작이다. 그의 검이 방갓 위 두 자 거리에 이르렀는데도 진검룡은 전혀 모르고 있는 듯했다.

사도풍은 약간 어이없는 기분이 들었다. 무술의 무 자도 모르는 자를 급습하는 것 같아서다.

그리고 이런 허접한 놈을 보고 고선이 공포와 살기를 연이어서 느꼈다는 것이 이해되지 않았다.

"물러나라!"

"조장, 피하십시오!"

순간 진검룡 뒤에서 따라오던 도록과 조제, 동풍, 장관웅이 일제히 외치면서 사도풍을 공격해 갔다. 그들은 진검룡이 사도풍의 급습을 모르고 있다고 여긴 듯했다.

그러나 낭랑과 와평은 진검룡 뒤를 따라가기만 할 뿐 사도풍을 공격하지 않았다.

두 사람은 진검룡의 실력을 웬만큼 알고 있기 때문에 조금도 걱정하지 않았다.

낭랑은 남랑곡에서, 와평은 파경하에서 생생하게 경험한 적이 있었다.

도록은 쌍도를 움켜쥐고, 조제는 창으로, 동풍은 언제 어디에서 꺼냈는지 한 자 길이의 짧은 검으로, 장관웅은 넉 자 길이의 굵고 묵직한 봉(棒)을 사용했다.

도록과 조제의 무기는 겉으로 지니고 있었기에 잘 보였는데, 동풍과 장관웅은 갑자기 어디에서 검과 봉이 나타났는지 모를 일이었다.

더구나 장관웅의 넉 자 길이의 굵은 봉은 몸에 지니기도 불가능한데 마치 요술처럼 나타났다.

그러나 네 사람의 반격은 너무 늦었다. 아니, 사도풍이 워낙 빠른 탓이다.

만약 네 사람이 늦지 않았다고 해도 사도풍 한 사람을 당해 내지는 못할 터이다.

사도풍이 고선의 신임을 얻어 한매궁의 이인자가 된 것은 거저 얻어진 것이 아니었다.

어쨌든 사도풍의 입가에 흐릿한 미소가 피어났다. 이제 곧 자신의 검이 진검룡의 방갓과 머리를 세로로 쪼개게 될 것을 믿어 의심하지 않았기 때문이다.

그래서 그는 자신이 다시 한 번 고선의 신임을 두텁게 받게 될 것이라며 흐뭇한 기분까지 들었다.

퍽!

그 순간 짧고 둔탁한 음향이 터졌다. 사도풍은 검이 방갓과 머리를 동시에 쪼개는 소리라고 생각했다.

그런데 좀 이상했다. 예리한 검으로 베는 귀에 익은 음향이 아니라 가죽 북을 두드리는 듯한 음향이 났기 때문이다.

그리고 다음 순간 더 이상한 일이 벌어졌다. 사도풍은 갑자기 숨이 콱 막히고 몸이 어디론가 쏜살같이 날아가고 있는 느낌을 받았다.

그러나 그것을 확인할 수 있는 상황이 아니다. 그는 그 길로 혼절해 버렸기 때문이다.

진검룡이 사도풍의 검이 방갓에 닿기 직전에 슬쩍 상체를 오른쪽으로 기울여서 간단하게 검을 피하는 것과 동시에 오른 주먹을 날려 가벼운 일권을 사도풍의 가슴 한복판에 적중시키는 것을 제대로 본 사람은 거의 없었다. 그 정도의 눈을 지녔다면 고수라고 할 수 있었다.

쿵!

사도풍은 포물선을 그리며 사 장이나 날아가면서 고선과

자신의 수하들 머리 위를 지난 후 땅에 볼썽사납게 내동댕이 쳐졌다.

고선은 어이없다는 표정을 지었다. 믿었던 사도풍이 너무도 어이없이 당했기 때문이다.

그리고 한매궁의 무사들은 경악한 얼굴로 사도풍과 진검룡을 번갈아 쳐다보았다.

그때 고선은 다시 깨달았다, 진검룡은 자신이 알고 있는 것보다 훨씬 더 강한 사내라는 사실을.

그리고 현재로선 자신의 능력으로 그를 어쩔 수 없다는 사실도 아울러 깨달았다.

진검룡은 처음부터 추호도 흐트러지지 않은 규칙적인 걸음으로 곧장 걸어오면서 한 번도 멈추지 않았다.

사도풍이 공격할 때도 계속 걸어가면서 피하고 주먹을 날렸다. 마치 그를 멈추게 할 자는 아무도 없는 듯했다.

척!

이윽고 진검룡은 고선의 두 걸음 앞에 그녀를 마주 보며 멈춰 섰다.

"흑!"

순간 고선은 겁에 질려서 자신도 모르게 움찔하며 한 걸음 뒤로 물러섰다.

부지중의 행동이지만 그녀의 수하들이나 사람들은 이미 다 봤다. 그것으로 그녀가 진검룡을 두려워하고 있다는 사실을 모두가 알게 되었다.

영리한 고선은 그런 사실을 깨달았으나 공포가 더 크기 때문에 어쩔 수가 없는 상황이었다.

고선은 진검룡을 보면서 해쓱한 안색으로 더듬거렸다.

"경… 혼조장님."

진검룡 좌우에 늘어선 경혼조원들은 그녀가 진검룡을 알고 있다는 사실에, 그리고 그에게 깍듯이 '님' 자를 붙인 것에 적잖이 놀랐다.

대저 한매선이 어떤 여자인가. 진원현 전체에서 둘째가라면 서러워할 세도를 휘두르는 여걸이지 않은가.

그런 한매선 고선이 마치 고양이, 아니, 맹호 앞의 쥐새끼처럼 바들바들 떨고 있는 것이다.

그때 한매궁의 무사들이 앞으로 몰려나와 고선을 호위하듯 좌우에 죽 늘어섰다.

그러나 고선은 그들이 조금도 위안이 돼주지 못했다. 지금 이 순간에 그녀를 공포에서 구해줄 사람은 아무도 없는 것만 같았다.

더구나 진검룡은 수십 명의 무사들 따위는 안중에도 없다는 듯 예의 깊숙이 눌러쓴 방갓 사이로 차갑게 가라앉은 눈빛을 흘려내고 있었다.

"여자들을 풀어줘라."

나직하며 조용한 말. 수많은 종류의 말이 있지만, 지금 진검룡이 뱉어낸 말처럼 상대를 억압하는 말은 흔치 않다.

"무슨 여자들을……."

고선은 발악이라도 하고 싶은 심정으로 애써 착한 표정을 지으며 더듬거렸다.

"죽고 싶으냐?"

"흑!"

진검룡이 나직이 윽박지르자 고선은 자신도 모르게 몸을 움츠리며 심장이 짓눌리는 듯한 신음을 토해냈다.

고선은 진검룡이 지금이라도 지난번처럼 자신의 목을 조르든지 아니면 그보다 더한 방법으로 죽이려 들 수 있다는 사실을 잘 알고 있었다.

누가 가르쳐 준 것이 아니다. 그저 그녀의 몸이, 그리고 공포에 떨고 있는 정신이 그것을 알고 있었다.

"궁주, 무사들이 다 나왔습니다."

그때 증혜(烝曀)라는 무사가 고선 옆에서 나직이 속삭였다. 그는 사도풍에 이어 한매궁의 삼인자다.

일전에 무악네 주루에 찾아와서 진검룡에게 고선의 영입 제의를 전했던 한매궁의 사인자 궁의라는 자는 보이지 않았다.

하긴, 그날 진검룡에게 박살이 났으므로 지금쯤 자리보전 하고 누워 있을 것이다.

고선은 힐끗 뒤돌아보았다. 자신의 수하들 이백여 무사가 모조리 전문 밖에 나와서 위맹하게 진을 치고 있는 광경이 보였다.

그런데도 어찌 된 일인지 조금도 든든한 마음이 들지 않았다. 진검룡은 거대한 산악이고, 자신의 수하들은 오합지졸이라는 생각만 들었다.

'한 번 해볼까?'

그런 생각도 들긴 했다. 진검룡이 아무리 강하다고 해도 한매궁의 이백여 무사들을 당해내지는 못할 것이다.

하지만 지금은 보고 있는 눈이 너무 많다. 고선이 아무리 강심장이라고 해도 이런 상황에서는 일을 저지를 수 없다.

만약 전문 앞 대로상이 아니었다면 상황은 변했을 것이다. 한매궁 안에서라면 무슨 짓을 해도 상관이 없다.

그러고 보니까 소수민족 부족들을 이끌고 온 것이나, 고선을 밖으로 불러낸 것은 순전히 진검룡이 꾸민 일이 분명하다.

지금은 빼지도 박지도 못하는 상황이다. 무엇이든 결단을 내려야만 한다.

아니면 이 냉혹하고 무지막지한 사내가 무슨 짓이라도 저지르고 말 것이다.

"들어가시지요, 궁주."

그때 삼인자 증혜가 공손히 말했다.

그 순간 고선은 번뜩 정신이 들었다. 그렇다. 전문 밖에서 이럴 게 아니라 몸을 돌려서 한매궁 안으로 들어가는 방법이 있었다.

그녀는 회심의 미소를 지으면서 진검룡을 바라보았다. 내가 안으로 들어가면 네깟 놈이 어쩔 것이냐 하는 표정이다.

"……."

그러나 그 순간 고선은 방갓 사이로 진검룡의 눈을 발견했다. 그런데 그 눈빛은 그녀를 측은하게 여기고 있었다. 측은이라니, 어째서 그녀가 측은하단 말인가.

'나쁜 자식!'

고선은 입술을 깨물면서 반발적으로 몸을 돌렸다.

쾍!

그러나 그녀는 몸을 반쯤 돌리다가 멈춰야만 했다. 동시에 오른쪽 어깨가 바스러지는 고통을 느꼈다.

진검룡이 왼손을 뻗어 그녀의 어깨를 움켜잡은 것이다.

"아아……."

그녀가 고통에 일그러진 얼굴로 어깨를 쳐다보자 커다란 손이 작고 가녀린 그녀의 어깨를 바술 듯이 덮고 있는 것이 보였다.

그 손이 워낙 커서 엄지손가락이 그녀의 젖가슴 윗부분을 지그시 누르고 있었다.

"이놈!"

창! 차창!

진검룡이 고선의 어깨를 잡는 것을 눈치채지 못하고 또 가로막지 못한 증혜와 무사들 몇 명이 재빨리 도검을 뽑으면서 진검룡을 공격해 갔다.

빠빠빠빠빠빡!

"끅!"

"크흑!"

다음 순간 잘 익은 박이 빠개지는 음향과 답답한 신음성이 동시에 터졌다.

어느새 진검룡의 오른손에는 장관웅의 봉이 쥐어져 있었다.

그때까지도 장관웅은 자신의 손에서 봉이 사라진 것을 모르고 있었다.

진검룡은 옆에 서 있는 장관웅의 봉을 낚아채서 공격해 오는 증혜와 무사들 일곱 명의 오른쪽 어깻죽지를 순식간에 격타한 것이다.

"으으……."

"크으윽……."

증혜를 비롯한 여덟 명의 무사는 고통스러운 신음을 흘리며 그 자리에 주저앉았다. 어깨가 축 늘어져 있는 것을 보니 부러진 듯했다.

슥—

진검룡은 아무 일도 없었다는 듯 봉을 장관웅에게 주었다.

장관웅은 자신도 모르게 허리를 굽히며 두 손으로 공손히 봉을 받았다. 진검룡에게 완전히 압도당한 것이다.

더구나 진검룡의 왼손은 여전히 고선의 어깨를 잡고 있으며, 제자리에서 한 발자국도 움직이지 않았다.

"와아—!'

짝짝짝짝!

그때 대로 양쪽에서 지켜보고 있던 현민들이 진검룡의 솜씨를 보고 일제히 함성을 지르면서 박수를 쳤다.

그동안 알게 모르게 한매궁의 폭거에 시달려 왔던 현민들인지라 방금 광경에 십 년 묵은 체증이 쑥 내려가는 듯한 통쾌함을 맛보았던 것이다.

진검룡은 여전히 고선을 묵묵히 주시하고 있었다. 이래라저래라 일체 말이 없다. 그래서 그 침묵이 그녀를 더욱 공포에 질리게 만들었다.

고선은 더 이상 믿을 곳도 물러날 곳도 없음을 깨달았다.

이런 상황에서는 그저 목숨이라도 보존하고 후일을 도모하는 것이 현명하다.

아니, 지금은 머릿속이 온통 진검룡에 대한 공포로만 가득차 있어서 후일 따윈 생각도 나지 않았다.

슥—

진검룡이 고선을 자신의 앞으로 바짝 끌어당겼다.

방갓 사이로 그의 깊이 가라앉은, 그러나 싸늘한 눈빛을 접한 고선은 온몸에 힘이 풀렸다.

그때 낭랑이 불쑥 고선 앞으로 나서더니 다짜고짜 발길질을 하며 욕을 퍼부었다.

"야! 이년아! 죽고 싶지 않으면 곱게 말 들어!"

퍽!

"악!"

낭랑의 오른발이 정확하게 고선의 사타구니 한복판에 꽂혀든 것이다.

더구나 낭랑은 발을 쭉 뻗어 발등을 고선의 사타구니에 딱 붙인 채 떼지 않고 한마디 덧붙였다.

"거기에 한 대 더 맞으면 너 장차 애 못 낳는다. 한 대 더 터지기 전에 빨랑 여자들 데리고 나와라."

"끄으으……."

여자는 사내들처럼 사타구니에 돌출된 그 무엇이 없지만, 맞아서 좋을 건 없다.

고선은 옥문이 찢어지고 둔부가 터지며 하체가 온통 박살나는 고통으로 온몸을 떨면서 침을 주르르 흘렸다.

그러나 진검룡에게 어깨가 잡혀 있어서 주저앉지도 못한 채 무릎을 굽히고 대롱대롱 매달려 있었다.

낭랑은 발을 거두면서 진검룡을 쳐다보며 히죽 웃었다.

"조장, 나 잘했지?"

진검룡은 묵묵히 고개를 끄덕였다.

휙!

순간 낭랑은 큰 동작을 취하면서 재차 고선의 사타구니를 향해 오른발을 뻗었다.

"이년이 그래도!"

"악!"

그러나 낭랑의 발은 고선의 사타구니 앞에서 딱 멈췄다. 고선이 겁에 질려서 비명을 지른 때문이다.

다음 순간 고선은 바락바락 악을 썼다.

"어, 어서 여자들을 모두 데리고 나와라! 서둘러라!"

그러자 무사들 이십여 명이 우르르 한매궁 안으로 달려들어 갔다.

빠-빠-빠-빡!

"크흑!"

"깩!"

그때 또다시 잘 익은 박 터지는 소리와 비명 소리가 동시에 터졌다.

고선이 당하는 것을 보고 덤벼들던 한매궁 무사들 대여섯 명이 이번에도 역시 진검룡이 휘두르는 장관웅의 봉에 어깻죽지를 얻어맞은 것이다.

그로써 고선 주위에는 십이삼 명의 무사가 어깨를 감싸 안고 주저앉아 있게 되었다.

그리고 또 한 가지, 누구라도 고선 근처에 다가들면 박살 난다는 사실을 뼈저리게 깨달았다.

"어?"

그때 낭랑이 고선의 사타구니를 보며 눈을 동그랗게 떴다.

주르르.

고선의 사타구니가 축축해지더니 허벅지와 종아리가 젖으면서 발목으로 노란 액체가 흘러내렸다.

낭랑은 고선의 사타구니와 얼굴을 번갈아 쳐다보다가 갑자기 고개를 젖히며 박장대소했다.

"푸핫핫핫핫! 얘 오줌 쌌어!"

그러자 모여든 모든 사람들이 배를 움켜잡고 자지러질 듯 웃음을 터뜨렸다.

"핫핫핫핫! 한매선이 오줌을 쌌단다!"

"호호호호홋! 오줌이 노란색인 걸 보니까 우리랑 똑같아!"

고선은 하체의 통증과 수치심 때문에 얼굴이 새빨개졌다.

진검룡에 이어서 이젠 그의 수하로 인해서 두 번째 오줌을 싸고 말았다.

지독한 악연(惡緣)이다. 아니, 뇨연(尿緣)이다.

고선은 눈물을 흘리면서 진검룡을 바라보다가 방갓 아래로 그의 눈과 시선이 마주쳤다.

그런데 그녀의 얼굴과 눈빛에는 공포와 증오보다는 원망이 가득했다.

그때 다섯 부족의 청장년들이 우르르 일어서며 우레 같은 함성을 터뜨렸다.

"와아아―!"

한매궁 전문으로 이백여 명에 가까운 소수민족 여자들이 무리 지어 나서고 있는 광경을 발견한 것이다.

여자들은 더할 수 없이 꾀죄죄하고 더러운 몰골이었다. 하지만 전문을 나선 그녀들은 함성을 지르면서 자신들에게 달려오는 동족들을 발견하고는 기쁨의 눈물을 터뜨렸다.

第二十六章

동료애(同僚愛)

大中原

한매선 앞에 두 사람이 나란히 서서 고개를 숙이고 있었다.

한 명은 창룡당주 전술이고, 또 한 명은 붉은색 홍의경장을 입은 삼십대 중반의 사내다.

홍의경장인은 진원분타 적룡당주(赤龍堂主)다. 분타주 강무교가 부재중인 탓에 그가 진원분타의 분타주 대리로 모든 권한을 행사하고 있었다.

그는 고선의 부름을 받고 왔다. 진원현에서 그녀가 불러서 오지 않을 사람은 아무도 없었다. 단, 경혼조장과 그 조원들을 제외하고는.

두 사람 앞 호피의에 앉은 고선은 눈물을 멈추지 않았다.

두 사람이 이 방에 들어섰을 때부터 그녀는 울고 있었다.

적룡당주, 즉 적룡도(赤龍刀) 훈용강(勳勇剛)은 그녀가 왜 울고 있는지 짐작할 수 있었다.

오늘 이른 아침에 한매궁 전문 앞에서 무슨 일이 벌어졌었는지에 대해 진원현에서 모르는 사람은 한 명도 없었다.

특히 진원분타 경혼조장의 용맹과 위엄, 그리고 한매선 고선이 오줌을 쌌다는 소문은 일파만파 운남성 전역으로 전염병처럼 퍼져 나갔다.

"적룡당주, 그놈을 꼭 내 앞에 끌고 와줘."

고선은 펑펑 눈물을 흘리면서 두 눈에서는 새파란 독기를 뿜으며 훈용강에게 말했다.

"끌고 오면 은자 이십만 냥을 주겠어. 죽여서 머리를 갖고 오면 은자 십만 냥이야."

고선이 말하는 사람은 훈용강인데 오히려 옆에 있는 전술이 움찔했다.

어제만 해도 수급을 가져오면 은자 만 냥이고, 끌고 오면 은자 이만 냥을 준다고 했었는데 하루 사이에 열 배나 급등한 것이다.

그만큼 진검룡에 대한 고선의 원한이 골수에까지 사무쳤기 때문일 것이다.

은자 십만 냥이면 말 그대로 평생 손가락 하나 까딱하지 않고도 호의호식할 수 있는 엄청난 금액이다. 그런데 이십만 냥이라면 설명하는 자체가 무의미하다.

훈용강이 아무런 말이 없자 고선은 눈물을 그치지 않으며 뾰족하게 외쳤다.

"상금이 적어서 그래? 그렇다면 머리를 갖고 오면 은자 이십만 냥, 살려서 끌고 오면 오십만 냥을 줄게. 그러면 할 수 있겠어?"

고선이라면 충분히 줄 수 있는 액수다. 아니, 그 이상이라도 눈 하나 까딱하지 않고 내줄 수 있는 배포를 갖고 있었다.

"어……."

전술은 너무 놀라서 자신도 모르게 입을 쩍 벌리다가 이상한 소리를 냈다.

훈용강은 꼿꼿하게 서서 똑바로 고선을 주시했다. 아니, 쏘아본다고 해야 옳다.

그는 대쪽 같은 인물이다. 대쪽처럼 청렴하고 정의롭다는 것이 아니라, 흑백이 뚜렷하다는 뜻이다. 싫고 좋음, 친구와 적이 분명하다.

"알겠습니다."

또한 과묵하기론 타의 추종을 불허할 정도고, 싸움터에서 잔뼈가 굵은 진짜 용장(勇壯)이다.

그런 그가 하겠다고 대답을 하면, 하늘이 두 쪽이 나도 반드시 하고야 만다.

　　　　*　　　*　　　*

　진원분타는 하루 종일 떠들썩했다.

　오늘 아침에 일어났던 대사건의 한가운데에 있었던 경혼조는 말할 것도 없고, 탈혼조는 물론 낙성향의 두 개 조도 한껏 들떠 있었다.

　창룡당의 상급인 적룡당 휘하 네 개 조 칠십여 명도 자신들의 일인 양 신명이 나서 모이기만 하면 오늘 아침 한매궁 전문 앞에서 벌어졌던 대사건을 소리 높여 떠들었다.

　진원분타에 있는 거의 모든 조원들이 경혼조 편좌방으로 찾아와서 축하를 해주었다.

　평소 경쟁 관계에 있던 탈혼조가 제일 기뻐해 주고 제 일인 양 통쾌해했다.

　결국 추혼향 식당을 통째로 빌려서 아침부터 술판을 벌여야만 했다.

　분타주 대리인 적룡당주는 그것을 묵인해 주었고, 창룡당주는 직접 술독을 날라다 주기까지 했다.

　식당에는 현재 진원분타에 있는 거의 모든 조원들이 모여서 어깨동무를 하고 함께 마시며 큰 소리로 노래를 불러대는 바람에 좁은 식당이 터질 듯했다.

　상석에 꼿꼿하게 앉아 있는 진검룡에겐 끊임없이 축하의 술잔이 이어졌고, 그는 마다하지 않고 다 받아 마셨다.

진검룡은 그 자리에서 탈혼조장 호태곤 외에 낙성향의 두 개 조, 적룡당 휘하의 네 개 조 조장들을 처음 봤고, 그들의 인사를 받았으며, 함께 허물없이 술을 마셨다.

진원분타의 모든 조원들이 이토록 기뻐하는 까닭은 하나다.

그동안 진원분타는 물론 진원현 전체가 한매궁에게 너무 짓눌려 있었기 때문이다. 그것을 진검룡이 한꺼번에, 그리고 통쾌하게 터뜨려 준 것이다.

그 한 가지 이유 때문에 오늘 진원분타의 전원은 형제처럼 흥청거릴 수 있는 것이다.

"그러니까 절대 조심하게."

추혼향주 양구는 말을 하는 동안 계속 '조심하라'고 당부하더니 말을 끝내고 나서도 진심 어린 표정으로 한 번 더 덧붙였다.

그는 방금 한매선 고선이 자신과 창룡당주 전술, 탈혼조장 호태곤을 은밀하게 불러놓고 했던 말을 그대로 진검룡에게 해주었다.

양구는 어떤 간특한 꼼수를 부리거나 아니면 뭘 바라고 진검룡에게 귀띔을 해주는 것이 아니다.

단지 윗사람으로서 수하가 변을 당하는 일이 없게 하려는 순수한 마음에서였다.

"알았소."

"진 조장."

진검룡이 고개를 끄덕이고 나서 양구의 집무실을 나서려고 하자 그가 다시 불렀다.

"미안하네."

양구는 진심 어린 표정을 지었다.

진검룡이 쳐다보자 그는 씁쓸한 미소를 지었다.

"내가 나서서 자네를 보호하던가 당주와 호 조장을 제지해야 하는데… 내가 이렇게 힘이 없네."

문득 양구는 진검룡의 방갓 아래 입술이 엷지만 훈훈하게 미소 짓는 것을 발견했다.

"틀렸소. 향주는 힘이 있소."

"그게 무슨 말인가?"

"내게 말해준 용기가 바로 힘이오."

"……."

척!

진검룡이 집무실을 나갔는데도 양구는 닫힌 문에서 시선을 떼지 못하고 굳은 듯이 앉아 있었다.

이윽고 그는 빙그레 미소 지으며 나직이 중얼거렸다.

"허허… 진 조장처럼 훌륭한 조장을 수하로 두었으니, 나는 얼마나 행복한 사람인가."

진검룡은 호태곤을 데리고 창룡당주를 만나기 위해서 창룡전으로 향했다.

호태곤은 그를 따라가면서 초조한 표정을 짓는 중에도 이따금씩 두 눈에서 살기를 번뜩였다.

진검룡이 무엇 때문에 자신을 데리고 창룡당주에게 가는 것인지 초조한 것이다.

그리고 그의 뒤를 따라가면서 암습을 할까 말까 고민하면서 눈에서 살기를 번뜩이는 것이다.

그러나 호태곤은 창룡전에 도착할 때까지도 결정을 내리지 못했다.

슥—

진검룡은 묵묵히 두 장의 전표를 꺼내 탁자에 내려놓았다.

각각의 전표에는 붉은 글씨로 은자 백 냥이라고 적혔으며, 진원현에서 제일 신용있는 금원전장이 발행한 것이다.

"이게… 뭔가?"

"내겐 필요없는 것이니 두 사람에게 주고 싶소."

당궤 너머 의자에 앉아 있는 전술은 돌덩이처럼 굳은 표정으로 전표를 쏘아보았다.

그리고 당궤 이쪽에 서 있는 호태곤은 전표와 진검룡을 번갈아 보면서 크게 놀라는 표정을 지었다.

두 사람은 이게 무슨 돈인지 잘 알고 있었다. 진검룡이 남랑곡 산적들을 몰살시키고 분타주와 진원현청으로부터 상금으로 은자 이천 냥을 받아서 경혼조원 아홉 명에게 이백 냥씩 고루 나누어주고 남은 자신의 몫인 것이다.

만약 전술이나 호태곤이 상금으로 은자 이천 냥을 받았다면 절대로 진검룡처럼 조원들하고 나누지 않았을 터이다.

자신들이 천 냥이나 천오백 냥쯤 차지하고 나머지를 수하들에게 나누어줬을 것이다.

그런데 진검룡은 조원들하고 똑같이 나눈 그 이백 냥을 전술과 호태곤에게 주겠다고 내놓은 것이다.

"당주가 없었으면 경혼조도 없었을 테고, 호 조장이 나를 남랑곡으로 데려가지 않았더라면 그런 공을 세우지도 못했을 것이오."

전술과 호태곤은 진검룡이 이렇게 많은 말을 하는 것을 처음 보았다.

진검룡은 더 이상 말하지 않고 몸을 돌려 밖으로 나왔다.

아까 양구의 말을 들었을 때 그는 몇 가지 대처 방법이 생각났었다.

첫째, 그냥 평소처럼 행동하다가 전술이나 호태곤이 급습할 때 죽여 버리는 것이다.

정당방위니까 뭐라고 할 사람이 없고, 뒤끝이 없으므로 제일 간명한 방법이다.

둘째, 그 둘을 찾아가서 위협을 한다. 진검룡은 상대가 극한 공포를 맛보게 하는 방법을 꽤 많이 알고 있었다. 그중 한두 가지를 사용한다면, 전술과 호태곤이 두 번 다시 이상한 마음을 먹지 않도록 만들 수 있었다.

하지만 이 방법은 자연스럽지 못하다. 이 방법을 사용하고 난 이후 전술과 호태곤은 진검룡의 얼굴을 보는 것만으로도 공포에 질리게 될 것이다.

한매선 고선이 진검룡을 만났을 때 보인 반응처럼 말이다. 진검룡은 진원분타의 동료들하고 원만하게 잘 지내기를 원하므로 그 방법은 사용하고 싶지 않았다.

그래서 약간의 시간을 들여서 생각해 낸 것이 세 번째 방법이고, 방금 사용한 방법이다.

그리고 그의 진심이기도 하다. 그는 호태곤이나 전술을 동료 혹은 상전으로 생각하고 있었다.

"빌어먹을……."

호태곤은 당궤에 놓인 두 장의 전표를 쏘아보면서 얼굴을 일그러뜨리며 씹어뱉듯이 중얼거렸다.

그의 마음속에서 오만 가지 생각들이 흙탕물처럼 부옇게 마구 헝클어졌다.

진검룡에게 향한 그의 첫 번째 마음은 질투다. 두 번째가 고선이 제시한 어마어마한 액수의 상금, 세 번째는 부러움 혹은 경쟁심 같은 것이다.

그런 것들이 은자 백 냥짜리 전표를 보는 순간 한순간에 사라져 버렸다.

고선이 제시한 금액에 비해서 전표의 은자 백 냥은 터무니없을 만큼 적은 액수다.

하지만 거기에는 진검룡의 마음이 담겨 있었다.

고선이 제시한 오십만 냥에는 오직 원한과 복수심만 가득 담겨 있지만, 백 냥짜리 전표에는 진검룡의 진실한 마음이 들어 있는 것이다.

전표는 말하고 있었다.

"우린 동료 아닌가."

"빌어먹을……."

호태곤은 같은 욕설을 또다시 뇌까렸다.

탁!

이어서 그는 당궤 위의 전표 하나를 낚아채더니 바람처럼 밖으로 달려나갔다.

혼자 남은 전술은 두 손을 깍지 끼고 그 위에 턱을 얹은 자세로 전표를 원수나 되는 것처럼 노려보고 있었다.

"이 자식……."

이윽고 그는 짓씹듯이 중얼거렸다.

당주 한 달 녹봉은 은자 이십 냥이다. 백 냥이면 그의 다섯 달 치 녹봉이므로 거금이다. 하지만 오십만 냥에 비할 바는 아니다.

그런데도 전술은 심하게 동요하고 있었다. 아니, 온 정신이 뿌리째 뽑혀 나가고 있었다.

고선이 오십만 냥을 제시했을 때에도 이 정도의 충격은 아니었다.

그는 진검룡의 뜻을 호태곤하고는 조금 다르게 받아들였다.

"우린 잘해 나갈 수 있을 것이오."

꾸깃!

전술은 손을 뻗어 전표를 손안에 구겨 쥐었다. 그것을 진검룡에게 돌려줄 생각은 아니다. 그렇게 하면 그의 뜻을 받아들이지 않겠다는 의미였다.

전술은 오랫동안 발걸음하지 않았던 집에 찾아가서 이 돈을 마누라에게 호기롭게 내줘야겠다고 생각했다.

놀라자빠질 마누라 모습과 오랜만에 아버지를 보고 반가워하는 자식들 모습, 마누라가 저녁상에 내어올 향기로운 술, 그리고 간만에 나누는 마누라와의 흐벅진 정사.

진검룡의 은자 백 냥짜리 전표는 전술이 잊고 있었던 그런 것들을 생각나게 해주었다.

은자 오십만 냥이 생기면, 전술은 그 돈을 들고 가족을 버린 채 멀리 떠나서 떵떵거리면서 살 생각을 했었다.

"크흐흑……."

아까부터 측간의 한곳에서 나직한 울음소리가 흘러나오고 있었다.

추혼향 측간은 식당 뒤쪽 으슥한 곳에 다섯 개가 나란히 일렬로 늘어서 있는데, 그중 가장 끝에 있는 측간에서 심장을 쥐어짜는 듯한 흐느낌 소리가 오래전부터 흘러나오고 있는 중이었다.

이따금씩 볼일을 보러 측간에 온 조원들은 끝 쪽 측간 안에서 흘러나오는 흐느낌 소리를 듣고는 소스라치게 놀라 으스스 몸을 떨면서 줄행랑을 쳤다. 마치 귀곡성(鬼哭聲)처럼 들렸기 때문이다.

"개애… 자식… 끄흐흑……."

측간 안의 호태곤은 똥을 누면서 두 주먹을 부르쥐고 힘을 주며 흐느꼈다.

"내가 널 진짜 죽일 줄 알았냐? 꺄흐흑……."

똥을 누는 것이 배설이라면, 눈물을 흘리는 것도 배설이다.

그리고 정사를 하며 사정을 하는 것도 배설이다. 그래서 배설은 짜릿한 쾌감인 동시에 사람의 마음을 정화시키는 효과가 있었다.

지금 호태곤은 위아래로 배설을 하면서 묵은 앙금을 다 털어, 아니, 쏟아내고 있는 중이었다.

아래쪽 배설을 끝낸 그는 오른손에 쥐고 있던 종이로 궁둥이를 닦고 밖으로 나왔다.

한바탕 쏟아내고 나니까 몸도 마음도 다 시원해져서 저절로 미소가 머금어졌다.

"이따가 진 조장하고 화통하게 술이나 한잔해야겠군."

그는 괴춤을 추스르며 추혼향처 쪽으로 걸어갔다. 그런데 왠지 모르게 좀 허전한 기분이 들었다.

두 손을 들어 올려서 손바닥을 펴보았다. 꼭 뭔가 대단한 것을 쥐고 있다가 놓쳐 버린 기분이다.

'뭐지?'

속으로 중얼거리던 그의 머릿속에서 번쩍 섬광이 일었다.

"악! 전표!"

오른손에 쥐고 있던 전표로 똥을 닦아서 버린 것이다.

"으으으… 은자 백 냥으로 똥을 닦아서 버리다니……."

황제도 하지 않는 짓을 해버린 호태곤은 미친 듯이 자신이 나온 측간으로 달려갔다.

측간 문을 열어젖힌 그는 똥통 아래로 상체를 들이밀고 두 손으로 마구 분뇨 속을 헤집었다.

파바바박!

"으으으… 이걸 못 찾으면 진 조장 너하고 나는 진짜 철천

지원수가 되는 거다. 지미럴……"

집으로 돌아온 진검룡은 주루에서 늦은 점심상을 받았다.

진원분타 식당에서 다들 모여 와자하게 술이며 요리를 먹었으나, 이상하게도 옥청이 해주는 밥을 먹지 않으면 마치 식사를 거른 것 같은 기분이 들었다.

옥청은 난로 옆에 있는 탁자에 조심스럽게 요리를 가져와서 차렸다.

진검룡은 방갓을 탁자에 내려두고 묵묵히 그것을 지켜보았다. 그는 집에 돌아오면 방갓을 벗는다. 옥청이 주의를 주고 난 이후부터다.

옥청은 남루하지만 깨끗이 빤 하늘색의 옷을 입고 있었다. 움직일 때마다 발목에 이르는 긴 치마가 사르락사르락, 묘한 소리를 낸다.

그녀는 꽤 오랜 시간을 들여서 요리를 탁자로 날랐다. 요리들은 방금 한 것처럼 김이 모락모락 나고 있었다.

진검룡이 올 시각에 맞춰서 요리를 데우고 또 데웠다는 사실을 알 수 있었다.

옥청은 옷이 몸에 딱 붙지도 않고 그렇다고 풍성하지도 않지만, 움직일 때마다 풍만한 가슴과 잘록한 허리, 탄력있는 둔부의 선이 도드라져 보였다.

진검룡은 옷이 스치면서 내는 소리에 무심코 그녀의 치마를 쳐다보았다.

　그의 옆쪽에서 허리를 약간 숙인 채 요리를 내려놓고 배열하는 그녀의 모습, 즉 가슴과 허리, 둔부의 굴곡이 일목요연하게 한눈에 들어왔다.

　탁자에 요리를 다 배열하고 진검룡 앞에 수저를 놓는 것을 끝으로 그를 살짝 보면서 허리를 펴려던 옥청의 동작이 뚝 멈추었다.

　진검룡이 자신의 허리와 둔부 부위를 쳐다보고 있는 것을 발견했기 때문이다.

　그녀는 움직일 수가 없어서 그대로 석상처럼 굳어버렸다. 왜 동작을 멈췄는지 그녀 자신도 모른다.

　단지 진검룡이 보고 있기 때문에 지금 움직여서는 안 된다는 본능적인 생각만 들었다.

　그녀는 자신의 옷이 한 커플씩 벗겨지는 느낌을 받았다. 그리고 진검룡의 시선이 자신의 나신을 부드럽게 쓰다듬는 듯한 착각에 빠졌다.

　그러더니 한매궁에서 탈출하던 날 밤에 그의 등에 업혔던 일이 불현듯 생각났다.

　젖가슴과 은밀한 부위가 그의 등과 허리에 밀착됐었고, 그의 큼직한 두 손이 그녀의 둔부를 떠받치듯이 움켜잡았었다.

　그날 이후 그녀는 그 생각 때문에 밤잠을 설칠 정도였다.

　"아……."

그때 한동안 구부정한 자세를 유지하고 있던 옥청이 낮은 탄성을 토해내며 비틀거렸다.

슥!

진검룡이 즉시 팔을 뻗어 그녀의 허리를 감았다.

척!

"아……."

그러더니 정말 본의 아니게 그녀는 진검룡 무릎에 쓰러지 듯이 앉고 말았다.

두 사람은 얼어붙은 듯 그대로 가만히 있었다. 옥청은 안색 이 해쓱해져서 대체 이 상황을 어떻게 해야 할지 몰라 했다.

슥—

그때 진검룡이 두 손으로 그녀의 허리를 잡고 가뿐하게 일 으켜 주었다.

"식사는 했소?"

"아, 아뇨."

놀란 옥청은 당황해서 급히 몸을 세우며 대답했다. 그런데 먹었다고 말해야 하는데 당황한 중에 사실대로 대답하고 말 았다.

그녀는 진검룡이 식사를 하기 전에는 식사를 하지 않았다.

그가 진원분타나 다른 곳에서 식사를 하는 날에는, 끝까지 기다리다가 밥을 먹지 않았다. 식사 때를 놓쳤기 때문이다.

진검룡은 방금 문답에서 그 사실을 알게 되었다.

"같이 먹읍시다."

"아, 아니에요. 저는……."

"내가 그대의 밥과 수저를 갖고 와야겠소?"

"……."

옥청은 돌부처가 된 듯 그대로 서서 움직이지 못했다. 진검룡하고 단둘이서 식사를 한다는 것은 상상조차 해본 적이 없는 일이었다.

슥─

결국 진검룡이 일어섰다. 그녀의 밥을 퍼오고 수저를 갖고 오려는 것이다.

"아! 제, 제가 할게요!"

그녀는 두 손을 뻗어 진검룡을 만류하다가 막 걸음을 옮긴 그에게 부딪치듯이 안기고 말았다.

두 사람은 그대로 또 굳어버렸다. 옥청은 그의 너른 가슴에 얼굴을 묻은 채 가슴이 미친 듯이 콩닥거렸다.

지금이라도 빨리 그의 몸에서 떨어져 밥과 수저를 가지러 주방에 가야 하는데 몸이 말을 듣지 않았다.

슥─

그때 진검룡이 두 손으로 옥청의 양어깨를 잡고 떼어냈다.

진검룡의 크고 너른 상체에 비해서 절반에도 못 미치는 옥청의 가녀린 상체가 그의 두 손에 잡혀서 더욱 좁아졌다.

그녀는 자신을 물끄러미 굽어보는 진검룡을 올려다보면서

정신을 잃을 정도가 되었다.

도대체 진검룡이 왜 자신을 빤히 굽어보는지 모를 일이다.

온몸의 피가 다 마르는 것 같고 심장이 콩알처럼 한없이 작아지고 있었다.

그때 진검룡이 진지한 표정으로 입을 열었다.

"내 발을 밟았소."

"어멋?"

동풍이 큼직한 보따리를 하나 들고 진검룡의 별채로 찾아왔다. 진검룡은 세 명의 제자에게 심법 구결의 요해를 설명하고 있다가 동풍을 쳐다보았다.

"조장님, 이것을 한번 입어보십시오."

동풍은 무릎을 꿇고 보따리를 풀더니 잘 개어진 깔끔한 옷 한 벌을 공손히 내밀었다.

"저희 집이 현 내에서 작은 포목전(布木廛)을 하는데, 조장님과 조원들의 옷을 지어봤습니다."

진검룡은 묵묵히 옷을 굽어보았다. 흰 비단으로 만든 경장 한 벌과 그 위에 입는 단삼인데 얼핏 보기에도 꽤나 비쌀 듯했다.

그리고 보따리에 있는 다른 옷들은 여러 가지 색의 경장이며 무명으로 만들었다.

아마도 조장인 진검룡의 옷은 비단으로, 조원들 것은 무명으로 만든 것 같았다.

진검룡이 아무런 말이 없자 동풍은 초조해져서 무릎을 꿇은 채 고개를 조아렸다.

"이번에 큰 공돈이 생겨서 존경하는 조장님 이하 조원들 옷을 염가로 지어봤습니다. 부디 노여워 마십시오."

은자 이백 냥을 상금으로 받았다고 옷을 지어온 것이다. 동풍의 마음 씀씀이가 퍽이나 대견했다.

진검룡은 조원들 중에서 이런 사람이 있다는 것도 자신의 작은 복이 아닌가 하는 생각이 들었다.

그러나 문제는 옷이 마음에 들지 않는다는 것이었다.

"내 것도 다른 조원들처럼 무명으로 지어라. 그리고 흑색이 좋다."

"아… 그렇습니까?"

동풍은 진검룡이 노여워하지 않는다는 사실을 알고 안도의 표정으로 주섬주섬 옷을 챙겼다.

"동풍 형님, 저도 흑색으로 해주세요!"

"저도요!"

"동풍! 내 것도 흑색이다."

그때 무악과 미미, 주소영이 앵무새처럼 재잘거렸다.

무악과 주소영, 미미는 밤이 돼도 졸린 줄도 모르고, 끼니 때가 돼도 배고픈 줄도 모른 채 눈을 초롱초롱 빛내면서 심법 강해에 폭 빠져 있었다.

자령심공 구결에 대한 이해가 끝나면 다음에는 직접 몸으로 운공조식을 해보는 것이 남았다.

그것이야말로 자령심공을 통해서 자신의 몸에 특수한 내공, 즉 자령신기(紫靈神氣)를 쌓는 것이다.

"오늘은 그만하고 자라."

해시(밤 10시)가 지나자 진검룡은 강해를 마쳤다.

그러나 세 명의 제자들 얼굴에는 아쉬움이 역력하게 떠올랐다.

미미를 제외하곤 무악과 주소영은 어젯밤에 한숨도 자지 않고 자령심공에 매달렸었다.

그 덕분에 무악의 성취는 셋 중에서 단연 으뜸이었다. 그는 원래 학문이 뛰어난데다가 천부적으로 총명하기 때문에 자령심공 구결을 외우는 것이나 이해를 하는 것은 그가 셋 중에서 발군이었다.

미미 역시 보통 사람을 능가하는 두뇌의 소유자이며, 묘족 공주의 신분으로 어렸을 때부터 한족의 학문을 두루 배웠기에 자령심공 구결을 외우고 이해하는 데 별 어려움이 없었다.

단지 무악의 자질과 노력이 워낙 훌륭해서 그에 비해서 조금 뒤떨어질 뿐이었다.

문제는 주소영이다. 그녀는 제대로 된 교육을 받은 적이 없는 탓에 글만 겨우 읽을 수 있는 수준이다.

그런 그녀가 난해하기 짝이 없는 자령심공 구결을 외우거나 이해하는 것은 마부위침(磨斧爲針), 도끼를 갈아서 바늘을 만드는 것처럼 어렵기 짝이 없는 일이었다.

만약 무악과 미미가 번갈아가면서 그녀를 열심히 도와주지 않았다면 일 년이 지나도 자령심공 구결을 외우고 이해하는 것은 불가능했을 것이다.

처음에 주소영은 두 사람에게 도움을 받는 것이 무척 자존심 상했으나 무공을 배워야겠다는 열망이 너무 컸기 때문에 자존심 따위는 접어버렸다.

第二十七章
실수와 오줌

大中原

"내일부터는 무술을 배울 게다."

자지 않겠다고 버티던 세 명의 제자는 진검룡의 그 말에 가슴이 부풀어 비로소 공부를 끝냈다.

무악이 일어서자 주소영과 미미는 얼른 일어나지 않고 진검룡의 눈치를 보며 쭈뼛거렸다.

"사부님, 안녕히 주무십시오."

진검룡이 무악의 인사를 받는 사이에 주소영과 미미는 살짝 방으로 들어가더니 나란히 침상에 누웠다.

미미는 어제 진검룡이 안아다가 침상에 눕혀줘서 아침까지 편하게 푹 잤다. 그 바람에 진검룡은 바닥에서 자야만 했다. 그래서 미미는 오늘도 어제처럼 침상에서 잘 생각을 하는 것이었다.

그녀는 숙식할 곳을 정하지 않고 무작정 진검룡을 찾아왔기 때문에 잘 곳이 없는 상태였다.

그런데도 잘 곳을 구할 생각 같은 것은 하지 않고 진검룡에게 더부살이를 할 모양이었다.

주소영은 그녀대로 생각이 있었다. 낭랑의 설명대로라면 그녀는 이미 진검룡에게 순결을 뺏긴 몸이다.

즉, 그녀와 진검룡은 부부나 다름이 없는 것이다. 그러므로 한 침상에서 자는 것이 당연하다는 논리였다.

주소영과 미미는 나란히 이불 속에 누웠다가 서로의 얼굴을 쳐다보았다. 말은 하지 않으나 '왜 여기에 누웠느냐?'고 묻는 것이다.

그러나 그녀들은 곧 천장을 보며 빙그레 미소를 지었다. 어떤 이유에서든 둘 다 진검룡의 침상에서 자고 싶어 하는 같은 처지라고 여긴 것이다.

잠시 후에 진검룡이 방에 들어오더니 그 광경을 보고 실소를 흘렸다.

"둘 다 일어나라."

그의 말에도 두 소녀는 미동도 하지 않고 눈을 꼭 감은 채 자는 시늉을 했다. 한술 더 떠서 주소영은 가늘게 코까지 골았다.

"소영이는 분타 숙소로 가고 미미는……."

진검룡은 말끝을 흐렸다. 미미를 마땅히 보낼 곳이 없었기 때문이다.

그렇다고 남자들이 득실거리는 진원분타 숙소로 보내면 그녀가 견뎌내지 못할 터이다.

"이리 오너라."

진검룡은 미미를 들쳐 업고 별채를 나섰다.

"에헤헤."

미미는 아기처럼 진검룡의 등에 납죽 엎드려서 두 팔로 그의 너른 가슴을 꼭 끌어안았다.

그녀는 십칠 세로 주소영보다 조금 더 키가 크고 마른 체구인데, 발육이 좋아서 어린 나이인데도 풍만한 가슴과 잘록한 허리, 탱탱한 둔부를 지니고 있었다.

묘족을 크게 구분하면 백묘(白苗), 흑묘(黑苗), 화묘(花苗), 홍묘(紅苗), 청묘(靑苗)의 다섯 족이 있으며, 미미는 지배 계층인 백묘족이다.

반면에 주소영은 십구 세인데도 어렸을 때부터 하도 고생이 막심하고 제대로 먹지 못해서 키도 크지 않고 신체도 발육이 이루어지지 않았다. 그래서 키도 아담하고 몸매도 자그마한 것이다.

미미의 키가 크다고 하지만 큰 체구의 진검룡에 비하면 어른이 아기를 업은 것이나 진배없었다.

그가 궁둥이를 받친 손으로 툭툭 두드려 주자 몇 걸음 옮기기도 전에 잠이 들어버렸다. 어린아이가 따로 없다.

"험!"

진검룡은 무악네 집 앞에서 낮게 헛기침을 했다.

그러자 즉시 잠옷 바람의 무악이 쏜살같이 달려나와 공손히 허리를 굽혔다.

"어인 일이십니까, 사부님?"

"미미를 어머니 방에다 재울 수 있겠느냐?"

"물론입니다. 들어오십시오."

무악이 즉시 앞장서서 안으로 들어가고 진검룡이 성큼성큼 뒤따랐다.

자려고 막 누웠던 무악은 진검룡이 불쑥 찾아오자 이것저것 생각할 겨를조차 없이 곧장 옥청의 방으로 가더니 거침없이 문을 열었다.

"어머니, 사부님께서 미미를 어머니와 함께 재워도 되느냐고 물으셔서 제가 된다고 말씀드렸습니다."

무악은 어머니도 자신하고 똑같은 마음일 것이라고 믿어 의심하지 않았다.

그러나 그는 싱글벙글 미소 지으면서 말하지만, 옥청의 상황은 그다지 좋지 못했다.

그녀는 잠옷만 입고 침상에 누워 있다가 밖에서 진검룡의 기침 소리를 듣고 깜짝 놀라 일어나 앉았었다.

그러다가 진검룡과 무악의 대화에 이어서 두 사람이 곧장 안으로 들어오는 기척을 듣고 소스라치게 놀라 침상에서 내려와 초에 불을 켜자마자 무악이 문을 열었다. 그래서 그녀는 우두커니 서 있을 수밖에 없었다.

그런데 문제는 그녀의 잠옷이다. 너무 촉박해서 평상옷으로 갈아입을 여유가 없었다.

보통 여자들의 잠옷은 부유한 사람은 비단으로, 그렇지 못한 사람은 값싼 저마포(苧麻布:모시)를 사용한다. 여유가 있고 없고를 떠나서 평소 검소한 생활이 몸에 밴 옥청은 당연히 저마포 잠옷을 입고 있었다.

비단이나 저마포의 공통점 중의 하나는 잠자리 날개처럼 얇아서 속이 훤히 비친다는 사실이다.

또한 여자들은 잠자리에 들 때는 통상적으로 젖가리개를 하지 않는다. 그런 점에서 옥청도 예외가 아니었다.

그녀는 무릎 아래까지 오는 짧고 몸에 착 붙는 바지 잠옷과 민소매에 배꼽이 살짝 드러날 듯 말 듯한 짧은 상의 잠옷을 입고 있었다.

은밀한 부위를 가린 아기 손바닥보다 작은 속곳이 그대로 내비쳤으며, 배꼽이 드러났고, 풍만한 젖가슴과 팥알 같은 유두가 은은하게 내비친 모습이다.

또한 희고 길며 가느다란 팔과 겨드랑이는 잠옷으로도 가리지 못하는 상황이다.

그녀는 크게 당황해서 어쩔 줄을 몰라 하고 그저 우두커니 서 있을 수밖에 도리가 없었다. 너무 놀라고 당황한 탓에 제정신이 아닌 것이다.

진검룡은 옥청이 아무 말도 하지 않자 방에 들어가지도 못하고 방 밖에 우뚝 서서 그녀를 지켜보기만 했다.

재삼 말하지만, 그는 사람을 두고 다른 곳을 처다보는 성격이 아니다. 그래서 옥청의 모습을 본의 아니게 자세히 볼 수밖에 없었다.

"어머니."

그런 것에 대해서는 전혀 모르는 철부지 무악은 옥청이 아무 말도 하지 않자 적이 당황해서 그녀를 불렀다.

"아… 나리."

그 바람에 화들짝 놀란 옥청은 본능적으로 한 손으로는 속곳 부위를 가리고 다른 손으로는 가슴을 가렸다.

속곳이야 손으로 가려지지만, 그녀의 작은 손으로 가리기에는 가슴이 너무 풍만했다.

그러다 보니까 배꼽 위까지 더 드러났고 겨드랑이도 노출되고 말았다.

"아아……."

그녀는 당황해서 허리를 굽히고 몸을 웅크리다가 어느 순간 그 모든 것을 그만두고는 속곳과 가슴을 가렸던 손을 치워버렸다.

당황해서 허둥대는 꼴이 자신이 생각해도 우스웠기 때문이다. 그런 행동이 잠옷을 입은 모습을 보여주는 것보다 더 부끄럽다고 생각한 것이다.

"이… 리 눕히세요."

그녀는 침상으로 다가가며 작은 목소리로 말했다.

진검룡은 그녀의 잠옷 입은 모습을 보고도 아무런 느낌이 없는 사람처럼 성큼성큼 걸어 들어와서 미미를 침상에 조심스럽게 눕혔다.

그 과정에서 옥청이 이불을 걷어주고 다시 미미에게 이불을 덮어주며 몇 차례 몸이 진검룡에게 닿았다. 하지만 그럴 수밖에 없는 상황이라서 두 사람은 알고서도 내색을 하지 않았다.

진검룡은 미미를 눕혀놓고 방을 나와 별채로 돌아왔다.

"크카아아—! 쿠쿠쿠! 푸아아—!"

별채 마루에는 어느새 들어왔는지 낭랑이 여느 때와 다름이 없는 모습으로 코를 골면서 자고 있었다.

진검룡은 낭랑의 혈도를 눌러 코를 골지 못하게 만들고는 방으로 들어갔다.

침상에서 주소영은 자는 체만 하려고 했는데 어느새 깊이 잠들어 있었다.

자령심공을 외우고 이해하느라 심신이 지칠 대로 지쳐서 너무 피곤했기 때문이다.

진검룡은 그녀를 굽어보며 어떻게 할까 잠시 생각했다. 깨워서 진원분타로 보내기에는 늦은 시각이다. 또한 그곳으로 가면 오빠인 도록과 한 방을 쓰게 될 것이므로 주소영에겐 지옥과도 같을 터이다.

진검룡이 이곳 진원분타에 조장으로 오고 나서부터 벌어진, 그리고 벌어지고 있는 일들은 하나같이 그가 전혀 예상하지 못했던 일들뿐이었다.

그중에서도 세 명의 제자를 거두게 된 일은 그가 어떻게 해볼 겨를도 없이 이루어진 일이었다.

그가 천의맹 낙양총부에서 청룡검대주로 있었다면 제자를 거둔다는 것은 생각하지도 못할 일이었다.

이곳으로 오는 기나긴 여정에서 그는 오직 한 가지만을 결심했었다.

앞으로는 모든 일을 '물이 흐르듯이 순리대로, 거스르지 않고 살겠다' 라고 말이다.

그렇게 한 결과가 지금의 상황이다. 진원현에 온 지 불과 팔 일밖에 되지 않았다고는 믿기 힘든 여러 가지 일들이 벌어졌다.

마치 몇 달이 흘러 버린 듯한 기분이 들었다. 그리고 이곳 사람들하고도 별 어려움 없이 잘해 나갈 수 있을 것이라는 예감도 들었다.

'순리대로…….'

그는 속으로 중얼거리고는 침상에서 뚝 떨어진 바닥에 반듯하게 누웠다.

이불은 침상에만 있기 때문에 그는 아무것도 깔지도 덮지도 못했다. 그렇다고 마루에 있는 이불을 갖고 오고 싶지는 않았다.

그의 거처인 별채의 침상은 주소영이, 마루는 낭랑이 차지한 채 주인은 바닥에서 자는 신세다.

그의 주변에 사람이 모여들고 있었다. 낙양총부에서의 그는 과묵하며 냉혹해서 사람들이 매우 두려워하여 접근하는 것을 꺼렸었다.

단지 오랜 세월 동안 한솥밥을 먹으면서 동고동락했던 세 명의 부대주 청룡삼혼과 구백 명의 청룡검대 수하들, 즉 청룡검수들은 진검룡의 깊은 속내를 잘 알고 있기에 그를 두려워하면서도 목숨을 맡길 정도로 신뢰했었다.

그러나 이곳의 양상은 그것과는 사뭇 다르다. 낙양총부 청룡검대의 수하들이 충성심과 신뢰를 바탕으로 진검룡에게 결속했었다면, 이곳 경혼조원들은 뭔가 끈끈한 정(情)으로 뭉쳐진 것 같은 느낌이다.

청룡검대가 잘 짜여진 하나의 틀 같다면, 경혼조는 뒤죽박죽 섞어놓은 반죽 같다.

낭랑은 이상하게도 너무 답답해서 잠이 깼다. 정신은 몽롱

했고 졸음이 쏟아졌다.

또한 사위는 쥐 죽은 듯이 조용했으며 코끝조차 보이지 않을 정도로 칠흑처럼 캄캄했다.

그녀는 멍한 중에도 눈을 깜빡거리면서 생각해 보았다. 어젯밤에 진원분타 식당에서 경혼조원, 탈혼조원, 그리고 적룡당 휘하 조원들 할 것 없이 한데 뒤섞여서 진탕 술을 퍼마신 것까지는 기억이 나는데, 그다음은 아무것도 생각나지 않았다.

아마 이곳은 조장의 별채 마루인 듯했다. 절대로 다른 곳일 리가 없다.

그녀는 아무리 술이 취해도 자신이 자야 할 곳은 정확하게 찾아가는 오랜 습성이 있었다.

그런데 왜 이렇게 답답한 것인지, 미칠 지경이다. 가슴이 터질 것만 같고, 얼굴로 피가 다 몰려서 금방이라도 폭발할 것만 같은 느낌이었다.

"……!"

그러다가 번뜩 생각나는 것이 있었다. 입이 벌려지지 않는 병이 오늘 밤에도 또 도진 것인가? 하는 것이다.

조심스럽게 입을 벌려보았지만 벌려지지 않았다. 이번에는 더 힘을 줘서 벌려보았다. 역시 벌려지지 않았다. 몹쓸 병이 도진 것이 분명했다.

그런데 또 다른 통증이 느껴졌다. 몸이 찌뿌듯하면서 아랫배가 터질 것만 같았다.

'오줌 마려.'

방광이 꽉 차서 터지기 직전이다.

벌떡!

그녀는 느닷없이 상체를 일으켰다. 그리고는 그 자세로 눈을 부릅뜨고 전면을 무섭게 쏘아보았다. 지금 오줌을 누러 갈 것인가 말 것인가를 고민하려는 것이다.

'흑!'

별채 입구 쪽 구석에 딱 붙어서 마치 벽인 양 추호의 기척도 없이 서 있던 단명삼살의 첫째 잔살은 움찔 놀라서 하마터면 입 밖으로 소리를 지를 뻔했다.

칠흑 같은 어둠 속에서 그의 시선은 일 장 전면의 낭랑에게 고정되어 있었다.

그는 두 호흡 전에 자신이 천하제일이라고 자부하고 있는 잠행술(潛行術)을 발휘하여 별채 안으로 숨어들었다.

재빨리 마루를 살펴본 결과 한 명의 여자가 방문 옆에서 대자로 늘어지게 자고 있는 것 말고는 이상한 점은 없었다.

그의 아우들이 조사한 정보에 의하면, 조금 전까지 저기에서 바지를 무릎에 걸치고 상의를 둘둘 말아서 목까지 밀어 올린 채 네 활개를 치면서 자고 있던 예쁘장한 여자는 경혼조원 중의 낭랑이라는 여무사가 분명했다.

단명삼살은 자신들이 암살할 표적에 대해 사전에 하나에서 열까지 세세하게 조사하는 것으로 유명하다. 그렇기 때문에 여태까지 단 한 차례도 암살에 실패한 적이 없었던 것이라고 굳게 믿고 있었다. 그리고 실제로도 그랬었다.

지난번에 막내 소살이 경혼조원 중의 한 명인 주소영이란 어린 계집에게 '사랑 고백'을 하는 촌극을 연출하면서까지 얻어낸 정보에 의하면 단명삼살의 표적은 경혼조장 진검룡이라는 자가 분명했다.

'진검룡'이라면 어쩌면 천의맹 낙양총부의 청룡검신 진검룡일지도 모른다.

하지만 아닐 가능성이 훨씬 더 크다. 청룡검신이 이런 궁촌(窮村)의 일개 조장이 됐을 리가 없다. 그보다는 하늘이 두 쪽으로 갈라지는 것이 더 기대할 만한 일이었다.

그러나 표적이 설사 청룡검신이라고 해도 달라지는 것은 아무것도 없다.

단명삼살은 어떤 표적이든 간에 최선을, 그리고 전력을 다해서 죽이기 때문이다.

단명삼살의 도살과 소살은 경혼조장과 조원들에 대해서, 그리고 새로 조원이 된 주루집 아들과 묘족 공주, 그리고 주소영의 오빠라는 자에 대해서도 나름대로 꼼꼼하게 조사를 완료한 상태다.

그래서 암살을 결행하는 날을 오늘로 잡았으며, 잔살이 잠입하여 표적을 제거하고, 도살과 소살은 각각 마당과 집 밖에서 대기하며 주위를 경계하면서 도주로를 확보하는 일을 맡고 있는 중이었다.

방금 전에 별채 마루로 들어선 잔살은 마루를 한차례 둘러보고는 즉시 방으로 들어가려고 했었다. 그런데 그때 갑자기 낭랑이 눈을 번쩍 뜬 것이다. 그래서 급히 구석에 바싹 밀착해서 그녀를 지켜보고 있는 중이었다.

그런데 그녀가 느닷없이 벌떡 상체를 일으키더니 눈을 부릅뜨고 잔살을 정면으로 쏘아보고 있는 것이 아닌가.

'발각됐단 말인가?'

촌구석 분타의 일개 조원에게 천하의 단명삼살 첫째가 발각됐다는 어처구니없는 사실이 천하에 알려지면 그날로 살수의 현판을 내려야만 할 것이다.

잔살은 꼼짝도 하지 않았다. 움직일 수가 없다. 낭랑이 너무도 정확하게 그의 얼굴을 쏘아보고 있었기 때문이다.

발각된 것이 아니라면 그녀가 저토록 무서운 표정으로, 그리고 살기를 뿜어내면서 쏘아볼 리가 없다.

'지독한 살기……'

단언하건대 그는 지금껏 이토록 강렬한 살기를 접해본 적이 없었다.

저 여자는 숨은 기인, 절정고수가 분명하다. 도대체 얼마나 굉장한 내공을 지녔기에 저 정도의 살기를 뿜어낼 수 있단 말인가.

한낱 촌구석의 일개 조원이라고 대수롭지 않게 여겼던 여자가 절정고수였다는 사실은, 정보 수집이 잘못됐다고밖에는 할 수가 없다.

잔살은 낭랑의 이글이글 타오르는 눈빛과 살기에 온몸이 칭칭 묶인 듯한 착각을 느낄 정도였다.

'으으……. 어떻게 참아보려고 했는데 도저히 못 참겠다. 싸, 싸겠다!'

낭랑은 눈을 더욱 부릅뜨고 어금니까지 악물었다. 그 바람에 눈에 핏발이 곤두서고 턱이 부들부들 떨렸다.

그런 모습은 어둠 속에서 꼼짝 못하고 서 있는 어느 누구에게는 공격하기 직전에 내공을 극한으로 끌어올리는 모습으로 보일 것이다.

그녀는 천천히 상의를 내리고 바지를 추슬러 올렸다. 시선은 여전히 정면을 향한 채다.

아래를 내려다보는 작은 동작에도 오줌을 쌀 것만 같아서 그럴 수가 없었기 때문이다.

'으으… 정말 싸겠다…….'

마침내 그녀는 더 이상 참지 못하고 천천히 몸을 일으키기 시작했다.

오줌보에 조금이라도 충격을 가하면 그대로 싸버릴 것만

같아서 최대한 동작에 신경을 써서 느릿하게 움직였다.

잠이 덜 깬 상태에서 온몸에, 아니, 방광과 하체에 가해지는 지독한 뇨의(尿意)란 상상을 불허할 정도로 가공하다.

이어서 낭랑은 천천히 뻣뻣하게 일어섰다. 조금이라도 몸이 흔들리면 방광에 충격이 가해지기 때문에 동작은 최대한 천천히, 그리고 경직된 자세일 수밖에 없었다.

오줌을 참을 때 한곳을 뚫어지게 쏘아보는 것은 그녀의 오랜 습관이다. 그렇게 하면 오줌을 최대한 참을 수 있었다.

낭랑은 정면을 향해서 발끝으로만 살금살금 느릿하게 걸어가기 시작했다.

둔부에 힘을 줘서 바짝 오므리고, 아랫배를 최대한 안으로 끌어당겨 요도(尿道)를 압박했다.

'으흐흐… 기분 죽인다…….'

게다가 그녀는 이런 아슬아슬한 상황을 절대적 쾌감으로 승화시켜서 즐기기도 한다.

온몸에 소름이 돋고, 털이란 털은 다 곤두섰으며, 항문과 옥문에 극도로 힘을 준 이런 상태에서의 쾌감이라는 것은 아는 사람만 아는 극상 쾌감이다.

그녀는 아직 순결한 숫처녀고, 또한 혹자들은 정사를 할 때 느끼는 절정의 쾌감이 최고라고 하지만, 그것은 아무것도 모르는 무지한 자들의 편견이다.

자고로 쾌감이란 오줌과 똥, 즉 배설을 참고 견디는 과정이 단연 으뜸이다.

더구나 그렇게나 참고 참았던 오줌이나 똥을 한꺼번에 폭발하듯이 쏟아낼 때, 아니, 배설할 때의 그 가공할 쾌감이란…… 그 순간에는 누가 죽인다고 해도 미소를 지으면서 죽을 수 있을 것만 같다.

반면에 잔살은 그야말로 죽을 맛이었다.

낭랑이 두 손을 아래로 늘어뜨린 채 온몸에 힘을 주고 당장이라도 공격을 퍼부을 듯한 자세로 한 발 한 발 자신을 향해서 곧장 다가오고 있었기 때문이다.

그런 동작은 그를 발견하지 않고는, 아니, 공격을 목적으로 하지 않고는 절대로 나올 수 없었다.

최초의 일 장 거리에서 그녀는 이미 반 장이나 좁혀오고 있는 중이었다.

잔살은 어깨의 검을 뽑을, 아니, 검파를 잡을 수 있는 기회마저 놓쳐 버렸다.

낭랑에게서 뿜어지는 살기(?)와 추호도 빈틈이 없는 일거수일투족에 완전히 압도당했기 때문이다.

만약 지금 낭랑이 공격한다면 구석에 몰려 있는 잔살은 선 채로 고스란히 당할 수밖에 없는 상황이었다.

그의 머릿속이 텅 비었다. 수많은 경험과 무림일절로 통하는 실력조차도 이런 상황에서는 추호도 도움이 되지 못했다.

그는 이런 절박한 상황에 생전 처음으로 놓여졌다. 밖에 있는 두 아우에게 도움을 청할 수도 없는 상황이다.

하지만 이대로 바보처럼 선 채로 당할 수는 없었다. 그래서 그는 결국 결심을 했다.

당할 때 당하더라도 공격을 하기로.

낭랑은 잠결이고 또 너무 오줌이 마려운데다 사위가 칠흑처럼 캄캄해서 별채 입구를 제대로 찾지 못했다.

'더, 더는 못 참겠어. 더 이상은 무리야… 쌀 것 같아…….'

결국 그녀는 그 자리에 쪼그려 앉으면서 다급히 바지와 속곳을 한꺼번에 내렸다.

쉬익!

그 순간 그녀의 머리 위로 번쩍! 하며 날카로운 검이 스쳐 지났다.

'일검을 피했다!'

잔살이 번개같이, 그리고 추호의 기척도 없이 검을 뽑으며 낭랑의 목을 향해 비스듬히 후려 베었는데 그 순간 그녀는 그보다 빨리 상체를 숙이면서 너무도 간단하게 피해 버리는 것이 아닌가.

과연 절정고수다운 솜씨다.

그리고 다음 순간.

쏴아아―!

아래쪽에서 거센 파도 소리, 아니, 폭포 소리가 들렸다. 낭랑의 공격이 시작된 것이다.

"······?!"

그와 함께 잔살은 자신의 두 발이 축축해지는 것과 동시에 따뜻해지는 것을 느꼈다.

'뭐··· 야, 이거?'

그는 바보 같은 얼굴로 아래를 굽어보았다. 낭랑의 머리가 보였다. 그런데 부르르··· 떨고 있다.

그리고 그녀의 몸서리쳐지는 웃음.

"으흐흐······."

입을 벌릴 수가 없어서, 그렇게밖에는 지금 이 순간의 절대 쾌감을 표현할 길이 없는 낭랑이다.

그 순간 잔살은 깨달았다. 낭랑이 자신의 턱밑에 쪼그리고 앉아서 오줌을 누고, 아니, 폭발하듯이 쏟아내고 있다는 사실을 말이다.

'으으······. 얼마나 나를 같잖게 여겼으면··· 상대할 가치도 없다는 듯이 내 발에다 오줌을······.'

게다가 오줌이 보통 오줌이 아니다. 끝없이 누고 있다. 뿐인가. 팽팽하게 당겨진 시위에서 쏘아낸 화살 같은 오줌발은 얼마나 세찬지 잔살의 정강이까지 쏘아 올랐다.

극도의 수치를 맛보는 그런 처절한 상황에서 잔살은 두 번째 공격을 할 엄두를 내지 못했다.

만약 공격을 가하면 얼마나 더 험한 꼴을 볼지 모른다는 두려움 때문이었다.

어쩌면 이 절세기녀(絶世奇女)는 이번에는 똥으로 공격할는지도 모른다.

아아… 그것은 생각만 해도 실로 소름 끼치는 일이었다. 아니, 구역질 나는 일이다.

한참 동안 허연 궁둥이를 앞뒤로 흔들면서 마지막 한 방울의 오줌까지 찔끔거리며 털어낸 낭랑은 부르르 몸을 떨면서 부스스 일어섰다.

"으으으……."

그녀와 잔살의 거리는 한 뼘도 채 되지 않았다. 그래서 그녀의 입김을 잔살은 고스란히 느꼈다. 더구나 지독한 술 냄새에 입 냄새가 거의 살인적이다.

그래서 '과연 절정고수다'라고 잔살은 또 생각했다.

낭랑은 바지를 추스르면서 앞을 보며 헤실헤실 웃었다.

"헤헤……."

"흑!"

그것은 절대로 헛소리나 잠꼬대가 아니다. 바로 앞에 누가 있다는 것을 뻔히 알고서 하는 행동이다. 풀이하자면, '내 오줌 공격이 어떠냐?'라고 묻고 있는 듯했다.

하지만 낭랑의 수많은 괴행(怪行) 중에서 소위 '혼잣말하기' 가 있다는 사실까지 두 아우가 조사하지는 못했다.

잔살의 상상은 날개를 달았다. 이 여자는 나의 존재든지 뭐든지 다 알고 있다. 그래서 지금 경고를 하고 있는 것이다.

좋게 경고할 때 물러가라. 그렇지 않으면 다음에는 오줌이 아니라 똥이다라고 말이다.

낭랑은 몸을 돌려 비틀비틀 자기 자리로 돌아가다가 뚝 걸음을 멈추고 뒤돌아보았다.

"방금 무슨 소리가 난 것 같았는데?"

그녀가 웃는 바람에 잔살이 기겁해서 '흑!' 하고 헛바람을 들이켠 소리를 이제야 생각해 낸 것이다.

그녀가 비틀거리면서 다시 왔던 길로 되돌아가 보니 바닥에 질펀하게 오줌만 가득할 뿐 아무도 없었다.

정신없이 별채 밖으로 뛰쳐나온 잔살은 뒤도 돌아보지 않고 담을 넘어 미친 듯이 대로를 달렸다.

그의 머릿속은 오로지 한 가지 생각으로만 가득 찼다. 저 미친년 같은 절세기녀에게서 한시바삐 멀어져야겠다라는 것이다.

그러자 밖에서 대기하고 있던 두 아우 도살과 소살이 전력으로 뒤따라오면서 전음으로 물었다.

[형님, 성공했습니까?]

[큰형님, 발에서 물 떨어지고 있어요.]

'저 녀석, 또 일 저질렀군.'

방에서 자고 있던 진검룡은 낭랑이 일어나 마루 구석에서 오줌을 누고 되돌아가서 자는 기척을 생생하게 감지하고는 내심 씁쓸히 중얼거렸다.

진검룡으로서도 아홉 명의 조원들 중에서 오직 낭랑만이 도저히 종잡을 수 없는 사람이었다.

그러면서도 뭔가 매우 복잡한 사연을 가슴에 품고 있다는 것을 느낄 수가 있었다.

그뿐 아니라 세 명의 제자들만큼, 아니, 제자들하고는 또 다른 감정 때문에 그녀를 미워할 수가 없었다.

그녀는 일부러 괴행을 일삼는 듯했다. 아픔을 견뎌내기 위해서일 것이다.

그러나 진검룡은 잔살이 마루까지 잠입했다가 사라진 사실에 대해서는 모르고 있었다.

잔살은 자타가 인정하는 무림제일의 은신술사(隱身術士)다.

그런데도 그는 낭랑에게 당했다.

第二十八章
금나수(擒拿手)

大中原

주소영이 잠에서 깨어 일어났을 때 진검룡은 방에 없었다.

그녀는 침상에 걸터앉아 물끄러미 방바닥을 바라보았다. 눈으로 보진 못했지만 진검룡이 거기에서 잤다는 것을 느낄 수가 있었다.

'왜 그러는 거야?'

주소영은 미간을 좁히고 눈을 샐쭉하게 만들었다.

그러다가 문득 어떤 생각이 떠올랐다.

'내 몸이 볼품없어서 그러는 건가?'

그저께 그녀가 진검룡에게 무술을 가르쳐 달라면서 육탄 공세를 펼쳤을 때 그는 그녀더러 '볼품없는 몸뚱이' 라고 일

축했었다.

주소영의 얼굴이 잔뜩 찌푸려졌다.

'그렇다면 남랑곡에서는 무슨 이유로 내 볼품없는 몸뚱이를 겁탈했던 거야?'

그녀는 낭랑의 악의 섞인 거짓말을 철석같이 믿고 있었다. 또한 여러 정황상으로도 진검룡이 자신의 순결을 짓밟았을 가능성은 충분하다.

그런데 어째서 대놓고 내 몸을 가지라고 하면 한사코 마다하는 것인지 이유를 모를 일이다.

'볼품없는 몸뚱이라고? 흥!'

결국 주소영은 진검룡이 자신을 멀리하는 실마리를 그 말에서 찾아야 한다고 판단했다.

무악네 주루 한가운데 식탁에서 여러 사람이 둘러앉아 이른 아침 식사를 하고 있었다.

지금은 묘시(새벽 6시)다. 진검룡은 식사를 하고 나서 세 제자에게 무술을 가르칠 생각이었다.

탁자에 둘러앉은 사람들은 진검룡과 세 명의 제자들, 그리고 옥청이다. 진검룡 좌우에 무악과 미미가 앉고, 맞은편에 옥청과 주소영이 나란히 앉아서 마치 한 가족인 듯 식사를 하는 중이었다.

옥청은 얌전하게 식사를 하면서 요리를 집어서 진검룡의

밥그릇에 얹어주었다.

진검룡이 요리를 집을 필요가 없을 정도다. 만약 사람들이 없다면 그녀는 아예 밥숟가락에 반찬을 얹어서 진검룡 입에 넣어주었을 것이다.

마치 부인이 남편을 챙기듯 자연스러운 행동이다. 그리고 진검룡은 마다하지 않고 묵묵히 먹기만 했다. 제지를 하면 옥청이 무안해할까 봐 가만히 있는 것이다.

얼마 전까지만 해도 옥청은 무악에게만 그런 행동을 했었는데, 지금은 무악은 뒷전이고 진검룡만 챙기고 있었다.

그래도 무악은 뭐가 좋은지 싱글벙글 미소를 짓고만 있다.

그때 주루 뒷문이 빼꼼 열리더니 낭랑이 쑥스러운 듯 살짝 고개를 디밀었다.

"저……."

식사하던 사람들의 시선이 일제히 그곳으로 쏠렸다.

낭랑은 비실비실 들어서면서 두 손을 앞에 모으고 핼끔핼끔 진검룡의 눈치를 살피며 기어드는 목소리로 말했다.

"오… 줌 다 닦았어."

"푸웃!"

"킥!"

진검룡과 주소영을 제외한 세 사람은 고개를 숙이고 웃음을 터뜨렸다.

나란히 진검룡을 깨우러 왔던 무악과 미미는 별채 마루가 강물처럼 홍건한 것을 발견했고, 옥청은 그 말을 전해 듣고는 남몰래 혼자 웃었었다.

옥청이 청소를 하려는 것을 낭랑이 직접 치우라고 진검룡이 만류했었다. 물론 그때 그는 낭랑이 말을 할 수 있도록 제압된 혈도를 풀어주었다.

"내 밥은?"

넉살 좋은 낭랑은 사람들이 웃는 것도 아랑곳하지 않고 비죽비죽 탁자로 다가와서는 자신의 밥그릇부터 찾았다.

"여기 있어요."

"헤헤! 고마워요, 사모님."

"네?"

밥을 건네주는 옥청은 '사모님' 이란 호칭에 의아한 표정을 지었다.

낭랑은 진검룡과 주소영 사이 탁자 옆쪽에 앉아서 벌써 입안 가득 밥과 요리를 쑤셔 넣은 상태에서 볼멘소리로 중얼거렸다.

"으적으적… 쩝쩝……. 조… 장님의 부인이면 사모님 아닌가요? 내 말이 틀렸나?"

"어머?"

옥청은 깜짝 놀라 젓가락까지 떨어뜨렸다.

그런데 낭랑은 일부러 그러는 것인지 고개를 밥그릇에 처박은 상태에서 계속 구시렁거렸다.

"냠냠… 쩝쩝……. 두 사람이 서로 쳐다보는 눈빛이 심상치 않던데… 으적으적… 벌써 만리장성을 쌓은 것 같더라구. 짝짜꿍도 그 정도면 한참 진도가 나간 것 같두만… 냠 냠……."

무악이 놀라서 옥청을 쳐다보았다.

"어머니!"

무악의 얼굴에는 기쁨이 가득했다.

그러나 옥청을 쳐다보는 또 하나의 시선인 주소영의 얼굴에는 경악과 실망, 분노가 마구 뒤엉켜 있었다.

주소영은 진검룡이 어째서 자신과 침상에서 함께 자지 않았는지 이제야 알 것 같았다.

어젯밤에 그는 바닥에서 잔 것이 아니라 몰래 옥청하고 잔 게 분명했다.

옥청은 고개를 너무 푹 숙여서 이마가 밥그릇에 닿은 상태에서 어쩔 줄을 몰라 했다.

어떻게 말을 해야 이 황당한 상황에서 벗어날 수 있을지 방법이 떠오르지 않았다.

옆에 앉은 주소영이 옥청을 날카롭게 쏘아보니 그녀의 얼굴을 물론이고 목덜미까지 붉어져 있다.

옥청은 어떻게 해야 할지 모른 채 안절부절못하고 두 손으로 치마만 만지작거렸다.

"사부님! 정말이에요? 정말로 저희 어머니와 부부가 되신 건가요?"

순진무구한 무악은 진검룡을 보면서 눈을 별처럼 반짝반짝 빛냈다.

"쓸데없는 소리 하지 마라."

순간 진검룡이 나직하게 꾸짖듯이 말하자 무악은 찔끔해서 조심스럽게 그를 바라보며 입을 다물었다.

그러나 무악은 사부의 한마디에 실망하는 표정을 감추지 못했다. 그런 일이 없다고 단정한 것이다.

그러나 만약 사부가 어머니와 부부가 된다면 무악 자신의 새아버지가 되는 것이다. 세상에 그보다 더 기쁘고 가슴 벅찬 일이 어디에 또 있겠는가.

그때 낭랑이 또 입안에 음식을 가득 씹으면서 웅얼거렸다.

"쩝쩝. 그렇지만 두 사람이 서로 좋아하는 것은 냠냠… 사실인 것 같던데? 아직 만리장성을 쌓지 않았더라도 조만간 짝짜꿍할 일이… 어어?"

그녀는 말을 끝내지 못하고 허공을 붕 날아갔다. 진검룡이 집어 던진 것이다.

우지끈!

"끄악!"

그녀는 입구 근처의 탁자 하나를 박살 내며 나뒹굴고는 그대로 혼절해 버렸다.

벌어진 입안에는 씹다만 밥과 요리가 가득 들어 있었다.

아침 식사 후에 진검룡은 별채 앞마당에 세 명의 제자를 나란히 세웠다.

"검법과 권각법(拳脚法), 금나수(擒拿手)가 있다. 각자 하나씩 고르도록 해라."

그러자 세 명이 똑같이 입을 모아 물었다.

"금나수가 뭔가요?"

"붙잡는 것이다."

"에이……."

무악과 미미는 흥미롭게 눈을 빛내는데 주소영은 시시하다는 표정을 지었다.

무악과 미미가 연달아 물었다.

"붙잡은 다음에는 어떻게 합니까?"

"무엇이든지 붙잡나요?"

진검룡은 담담히 고개를 끄덕였다.

"시범을 보여주겠다."

그는 주소영에게 지시했다.

"나는 이 자리에서 한 발자국도 움직이지 않고 왼손만 사용할 테니 너는 쌍도로 공격해라."

세 제자의 표정이 동시에 변했다.

"위험합니다, 사부님."

"하지 마세요."

"다칠 텐데?"

무악과 미미는 염려 어린 표정이고, 주소영은 눈을 반짝이면서 재미있겠다는 표정이다.

　보통 사람의 상식으로는, 제자리에서 한 발자국도 움직이지 않는 상태에서, 또 한 손만 사용하여 쌍도로 공격하는 것을 막거나 피한다는 것은 불가능한 일이었다.

　그리고 무악이나 미미, 주소영은 보통 사람이다. 하지만 진검룡은 아니다.

　"자, 공격해라."

　진검룡이 두 발을 어깨 넓이로 벌리고 오른손을 뒷짐 지면서 말하자 주소영은 한 번 더 확인을 했다.

　"정말 공격해요?"

　진검룡이 고개를 끄덕이는 것을 보고 주소영은 혀로 입술을 핥으며 눈을 빛냈다.

　'무악 엄마하고 그렇고 그런 사이란 말이지?'

　십구 세 소녀, 게다가 세상에 대한 증오로 똘똘 뭉쳐진 주소영은 지금 이상한 감정을 느끼고 있었다.

　태어나서 처음 느끼는 것인데, 마음이 아프고 가슴이 싸아하면서 진검룡이 밉고 옥청도 미워졌다. 그래서 그 둘에게 상처 입히고 싶은 마음이 강해졌다.

　그것은 질투다. 하지만 그녀 자신은 그 감정이 무엇인지 아직 모르고 있었다.

　슝—

주소영은 두 손을 뒤로 꺾어서 궁둥이에 차고 있는 새로 장만한 쌍도를 뽑았다.

회색빛이 은은하게 감도는 검은 도신(刀身)인데 얼마나 예리하게 잘 벼렸는지 칼날 위에 머리카락 한 올을 떨어뜨리면 그대로 잘라질 정도다.

그녀는 부친이 죽기 전까지 어렸을 때부터 쌍도술을 배웠다. 자신이 배운 도법이 어떤 종류이며, 또 이름도 모르는 그것을 부친이 죽은 이후에는 더욱 미친 듯이 연습해서 이제는 손을 쓰는 것보다 쌍도를 사용하는 것이 더 익숙할 지경에 이르렀다.

"가요!"

쐐애액!

부친에게 배운 동작보다는 숱한 싸움에서 터득한 임기응변이 더 많이 가미된 쌍도술이 허공을 가르는 음향이 예사롭지가 않다.

한 쌍의 흑도(黑刀)는 각기 진검룡의 상체와 하체를 수평으로 비스듬히 맹렬하게 쓸어갔다.

"아!"

"앗! 위험해욧!"

진검룡이 꼼짝도 하지 않고 서 있는 것을 보고 무악과 미미가 다급한 외침을 터뜨렸다.

쉬이.

그런데 바로 그때 진검룡이 오히려 공격해 오는 쌍도를 향해 상체를 눕히듯이 기울이면서 두 손을 뻗는 것이 아닌가.

그것은 누가 보더라도 팔이 잘리고 싶어서 환장한 사람의 무모한 행동이 분명했다.

무악과 미미는 비명을 질렀고, 공격하던 주소영마저도 멈칫하고 말았다.

타탁!

"아!"

그 순간 주소영의 두 손에서 쌍도가 벗어나 허공으로 둥실 떠올랐다.

그녀는 너무 놀라서 오히려 멍한 표정으로 멈추고는 자신의 두 손을 쳐다보았다.

파팍!

그때 허공으로 떠올랐던 쌍도가 바로 그녀의 발 앞에 한 뼘 간격으로 나란히 떨어져 꽂혔다. 마치 일부러 신경 써서 꽂은 것 같았다.

"어… 떻게 한 거죠?"

주소영은 진검룡과 쌍도를 번갈아 보면서 믿을 수 없다는 표정을 지었다.

"네 손을 붙잡아서 쌍도를 날려 버렸다."

"내 손을 어떻게……."

진검룡의 두 팔이 쌍도에 잘릴 뻔했는데 어떻게 자신의 손이 붙잡혔는지 주소영은 보지도, 느끼지도 못했다.

귀신이 곡할 노릇이다. 그녀는 지금껏 싸움을 삼십여 번이나 해봤지만 이런 경우는 처음이었다.

무악과 미미는 너무도 신기하다는 표정으로 입을 모았다.

"저는 아무것도 못 봤습니다!"

"사부님의 팔이 잘리는 줄만 알았어요!"

쑥!

주소영은 땅에 꽂힌 쌍도를 뽑아 양손에 움켜잡고는 다부지게 입술을 꼭 깨물었다.

"다시 해봐요."

"이번에는 쌍도를 뺏으마."

"흥! 누구 맘대로?"

"사저, 사부님께 말버릇이 좋지 않아요."

"너, 죽을래?"

곧이곧대로 성격인 무악의 충고에 주소영은 쳐다보지도 않고 흰 이를 드러내며 면박을 주더니 곧장 진검룡을 향해 공격해 갔다.

휘익!

그녀는 이번에는 자신이 삼십여 번의 싸움에서 터득한 최고 난이도의 공격, 즉 질풍도세(疾風刀勢)라고 명명한 수법을 사용하기로 했다.

쌍도를 잡은 두 손을 마구 엇갈리면서 흡사 풍차처럼 맹렬하게 회전시키며 공격하는 것이다.

그 동작은 잘못하면 도끼리 부딪치거나 자칫 자신의 팔을 벨 수도 있다.

그러나 숙달되면 상대가 공격해 오는 각도를 알아채기 어렵다는 장점이 있었다.

주소영은 이 질풍도세를 완벽하게 숙달시키느라 손이고 팔이고 무수히 베었다.

'흥! 쌍도를 뺏겠다고?'

그녀는 코가 떨어져 나가도록 속으로 냉소를 치며 두 팔에 더욱 힘을 주고 또 상체를 이리저리 흔들어서 더욱 현란하게 쌍도를 회전시키면서 진검룡의 머리와 복부를 노리고 공격해 들어갔다.

쉬쉬쉬쉭!

듣기에도 섬뜩한 파공성이 마당에 가득 퍼지자 무악과 미미는 잔뜩 긴장해서 두 주먹을 꼭 쥐고 눈도 깜빡이지 않은 채 주시했다.

주소영의 공격은 겉보기에는 굉장한 것 같으나 진검룡이 보기에는 어린아이 장난 수준이었다.

"호호홋! 어때? 이래도 내 쌍도를 뺏는다는 거야?"

자신의 맹렬한 공격에 흥분한 주소영은 명랑하게 웃으면서 더욱 신바람 나서 두 팔을 휘둘렀다.

"사저, 뭐 하는 거예요?"

"춤춰요?"

"……."

주소영은 계속 세차게 두 팔을 휘두르면서 무슨 소리 하느냐는 듯 무악과 미미를 쳐다보았다.

"깔깔깔깔! 사저, 두 손에 쌍도가 없잖아요!"

미미가 우스워 죽겠다는 듯 배를 잡고 깔깔거렸다.

다음 순간 주소영은 자신의 손이 허전한 것과 손에 아무것도 없는 것을 동시에 깨달았다.

그리고는 반사적으로 진검룡을 쳐다보았다. 그런데 우뚝 서 있는 그의 손에 쌍도가 있었다. 그것도 왼손에 두 자루 도가 가지런히 들려 있는 것이 아닌가.

"도대체 언제……."

아무리 생각해 봐도 진검룡이 언제 쌍도를 뺏어갔는지 도저히 알 수가 없었다.

아니, 그녀는 자신의 두 손에서 쌍도가 없어지는 것도 모르고 있었다.

그녀는 넋 나간 표정으로 진검룡 손에 쥐어져 있는 쌍도를 바라보았다.

옥청 때문에 진검룡에게 느꼈던 질투심은 씻은 듯이 사라졌고 놀라움만 가득 남았다.

"더 해볼 테냐?"

진검룡이 조용히 말하는데도 주소영은 넋 나간 표정을 지우지 못한 채 그의 손에 쥐어진 쌍도만 바라보았다.

무악과 미미는 아무 말도 하지 못하고 저만치에서 나란히 서 있었다.

두 사람의 놀라움도 주소영보다 더했으면 더했지 못하지 않았기 때문이다.

이번만큼은 놓치지 않고 똑똑히 보려고 눈도 깜빡이지 않았는데 역시 아무것도 보지 못했다.

정신을 차리고 보니까 쌍도는 어느새 진검룡 왼손에 쥐어져 있었던 것이다.

두 사람 생각에는 '금나수'라는 것이 너무도 신기하고 놀라웠다. 그것을 배우기만 하면 누구하고 싸우더라도 상대의 무기를 날려 버리고 빼앗을 수 있으니 무조건 이길 것이라는 생각이 들었다.

극도의 놀라움으로 물들었던 주소영의 얼굴이 시간이 흐르자 점차 단단하게 굳어졌다.

"암기도 가능해요?"

그리고는 기어코 그런 야무진 말이 작고 붉은 입술 사이로 흘러나왔다. 시범을 떠나서 지기 싫어하는 성격이 발동하고 있는 것이다.

진검룡이 고개를 끄덕이는 것을 보는 순간 주소영의 두 손은 어느새 품속에서 나오고 있었다.

아니, 나왔다 싶은 순간 두 손을 진검룡을 향해 힘차게 뿌

려댔다. 적들을 상대할 때보다 더욱 정신을 집중했다.

쉬이익! 쉭쉭!

공격을 한다고 예고를 하면 진검룡이 뭐든지 날려 버리고 낚아채니까 이번에는 급습을 해보는 것이다.

날카로운 파공성이 터지는 것보다 더 빠르게 손가락 하나 길이의 암기 세 개와 그보다 절반쯤 작은 별처럼 생긴 암기 다섯 개, 도합 여덟 개가 한꺼번에 소나기처럼 진검룡을 향해 쏟아져 갔다.

"앗!"

주소영과 진검룡의 거리는 불과 일 장 남짓이다. 너무 가까운 거리에서의 급습이라 무악과 미미는 놀라서 비명을 터뜨리고 말았다.

주소영도 암기를 던지는 것과 동시에 아차! 하는 마음이 조금 들었다.

아무리 진검룡이라고 해도 암기는 쌍도하고는 다르다. 더구나 가까운 일 장 거리에서 전력으로 던지는 암기를 피하는 것도 어려운데 낚아챈다는 것은 불가능할 것이라는 생각이 그녀의 머리를 스쳤다.

그녀가 진검룡에게 암기를 던진 것은 그럴 만한 이유가 있었다. 지난번 진원분타 추혼향처 뒤에서 그녀는 걸어가는 진검룡의 뒤통수를 겨냥하고 암기를 던진 적이 있었다.

그 당시에 진검룡은 뒤도 돌아보지 않은 상태에서 암기를 잡아서 찰나지간에 주소영을 향해 도로 던졌었다.

그 암기는 쏜살같이 그녀의 얼굴로 날아오다가 얼굴 한 뼘 거리에서 뚝 정지했다가 바닥에 떨어졌었다.

그 바람에 그녀는 난생처음 옷을 입고 선 채로 오줌을 싸고 마는 창피를 당했었다.

그런 경험이 있기 때문에 그녀는 지금 눈앞에서 진검룡이 어떻게 하는지 다시 한 번 똑똑히 보려는 것이다.

주소영과 무악, 미미는 각기 다른 표정으로 진검룡을 똑바로 주시하고 있었다.

진검룡은 암기들이 석 자 거리까지 쇄도하도록 그 자리에서 미동도 하지 않았다.

암기가 그대로 쏘아간다면 그의 상체 곳곳에 꽂혀서 벌집이 되고 말 것이다.

그 순간 그가 조금 전처럼 상체를 앞으로 숙이면서 왼손을 내밀었다.

보통 암기가 쏘아오면 상체를 뒤로 젖히거나 좌우로 흔들어서 피하는 것이 상식인데, 그는 오히려 상체를 앞으로 숙여서 암기를 맞이하러 나갔다.

우선은 그 점이 다르다고 세 명의 제자는 생각하면서 눈을 더 크게 뜨고 힘을 주었다.

스사사삿—

나뭇잎이 떨어질 때 같은 미약한 음향이 들리면서 그의 왼손이 암기들 사이를 현란하게 누비는가 싶더니, 그는 어느새 원래처럼 꼿꼿하게 우뚝 서 있는 모습으로 되돌아갔다.

물론 암기들은 그의 몸에 하나도 꽂히지 않았다. 하지만 말끔히 사라졌다.

세 제자의 시선이 일제히 진검룡의 왼손으로 향했다가 소스라치게 놀랐다.

"앗! 암기를 잡았어요!"

"어맛! 성공했어요!"

무악과 미미가 손뼉을 치면서 놀라워하는 것과는 달리 주소영은 나직한 신음을 흘렸다.

"말도 안 돼……."

주먹을 쥐고 있는 진검룡의 검지와 중지 사이에는 세 개의 길쭉한 암기가 나란히 꽂혀 있었다.

그런데 뾰족한 날이 주먹 바깥쪽으로 향해 있었다. 암기의 끝이 그를 향해 쏘아가고 있는 것을 마주 부딪쳐 가면서 잡았으면 암기의 뾰족한 끝이 주먹 안으로 들어가야 하는데 바깥으로 나온 점이 이상했다.

그때 진검룡이 손바닥을 폈다.

슥─

그러자 손바닥 안에 다섯 개의 별 모양의 암기가 포개져서 놓여 있는 것이 드러났다. 여덟 개의 암기를 하나도 놓치지 않고 다 잡아낸 것이다.

"아아… 금나수라는 수법은 정말 굉장하군요!"

"사부님! 소녀는 금나수를 배울래요!"

무악과 미미는 찬탄을 터뜨리며 목소리를 높였다.

주소영은 아직 얼이 빠진 얼굴로 멍하니 진검룡을 바라보고 있을 뿐이었다.

진검룡은 무악과 미미를 잠시 살펴보더니 이윽고 미미를 지적했다.

"금나수는 미미가 배워라."

"꺄악! 고마워요, 사부님!"

미미는 너무 기뻐서 진검룡의 품에 뛰어들어 그의 가슴에 마구 뺨을 부볐다.

진검룡은 미미의 등을 툭툭 두드려 주고는 떼어냈다.

그가 미미를 선택했는데도 무악은 조금도 섭섭한 표정을 짓지 않았다. 대신 궁금한 점을 물었다.

"사부님, 미미가 금나수를 배우는 데 적합한 신체를 갖고 있나요?"

진검룡은 무악의 총명함을 새삼 실감했다. 그는 질투를 하는 대신 진검룡이 미미를 선택한 데에는 반드시 이유가 있을 것이라고 짐작한 것이다.

"미미는 팔과 손가락이 길 뿐만 아니라 손가락 끝이 붉다. 그것은 손가락 끝의 악력(握力)이 보통 이상이라는 뜻이다. 금나수를 익히는 데에는 좋은 조건이다."

"그렇군요."

새로운 것을 배우는 것을 무엇보다 좋아하는 무악은 눈을 빛내며 고개를 끄덕였다.

"무악, 너도 금나수를 배우는 데 좋은 신체를 갖고 있지만 권각법이 더 잘 어울린다."

무악은 환한 얼굴로 눈을 반짝반짝 빛냈다.

"그럼 제자는 권각법인가요?"

진검룡은 고개를 끄덕이고 나서 주소영을 쳐다보았다. 그녀는 그를 빤히 바라보면서 입술을 잘근잘근 깨물며 뭔가 골똘하게 생각에 잠겨 있는 모습이다. 즉, 시선은 그에게 향해 있으나 보진 않고 있다.

"소영아, 너는 검법이다."

그러자 주소영은 퍼뜩 정신을 차리고 그를 바라보았다.

이즈음의 그녀는 진검룡을 무조건적으로 신뢰하고 있었다. 그가 하는 말이라면 하늘에서 뜨거운 비가 쏟아진다고 해도 덮어놓고 믿을 정도였다.

그녀는 자신의 궁둥이에 차고 있던 한 쌍의 쌍도를 뽑더니 미련없이 저만치 집어 던졌다. 검법을 배우게 될 테니까 이제 쌍도는 필요없게 된 것이다.

사실 두 손을 쌍도로 가져가는 짧은 과정에 그녀는 수많은, 그리고 엄청난 고민을 했다.

어렸을 때 부친에게 배웠으며, 며칠 전까지 필사적으로 수련했던 자신의 단 하나뿐인 도법이며 무기인 쌍도를 과연 포기해야 하는가.

그녀는 쌍도술과 암기를 던지는 것 외에는 아는 수법이 없다. 즉, 그것이 그녀의 전부였다.

그러나 그녀는 두 손으로 쌍도를 잡는 순간 결정했다. 쌍도술을 버리고 검법을 배우기로.

이유는 간단하고도 명확하다. 무조건 진검룡을 믿기 때문이다. 그에게 복잡한 감정을 품고 있는 것과 무술을 배우는 것은 별개다.

그때부터 진검룡은 무악과 미미에게 간단한 몸 풀기 동작을 가르쳤다.

권각법과 금나수를 배우려면 몸이 유연해야 하는 것은 두말하면 잔소리다.

그러기 위해서는 신체 조건도 중요하지만 몸을 제대로 풀어서 권각법과 금나수를 배우기 위한 최적의 몸 상태로 만드는 것이 무엇보다도 중요하다.

진검룡은 아침 식사 이후에 별채 모퉁이에 낭랑이 숨어서 줄곧 훔쳐보고 있는 것을 진작부터 알고 있었으나 끝내 모른 체했다.

그리고는 주소영을 데리고 현 내로 들어갔다.

第二十九章
박투술(搏鬪術)

진검룡이 주소영과 함께 찾아간 곳은 진원현에 하나밖에 없는 간과방(干戈房:무기를 만들고 파는 곳)이다.

"여기는……?"

주소영은 간과방 앞에서 적이 놀라는 표정으로 걸음을 멈추고 현판을 올려다보았다.

물론 진원분타에서 일 년 동안이나 생활한 그녀가 현 내의 간과방을 모를 리가 없다.

하지만 이곳은 매우 비싼 곳이다. 예전에 그녀는 한 번 쌍도를 잃어버렸을 때 이곳에 왔다가 쌍도 한 쌍에 은자 석 냥이라는 말을 듣고는 기겁을 했다. 그리고는 이후 간과방 근처에는 얼씬도 하지 않았었다.

이곳은 돈푼깨나 있고 번듯한 무사 대접을 받는 자들이나 드나드는 곳이었다.

물론 이곳의 무기가 농기구 따위나 만드는 싸구려 야방보다는 훨씬 좋다는 사실을 주소영도 잘 알고 있었다. 하지만 문제는 역시 돈이 많이 든다는 사실이었다.

진검룡은 간과방 안으로 들어가려다가 멈추고 뒤돌아보았다. 뒤에서 주소영이 옷자락을 잡아당겼기 때문이다.

"여기 매우 비싸요."

정색을 하고 그렇게 말하는 그녀의 모습은 평소 진원분타 무사들에게 소나찰이라고 불리는 것과는 달리 몹시 순진무구해 보였다.

진검룡은 그녀를 물끄러미 굽어보았다. 그녀의 머리꼭대기가 겨우 그의 가슴께에 이르기 때문에 그녀가 고개를 들지 않는 한 머리만 보였다.

얼마나 가난에 시달렸으면, 또 얼마나 돈이 필요하면 상금으로 은자 이백 냥이나 생겼는데도 한 푼에 바들바들 떨고 있는 주소영이다.

슥.

진검룡은 그녀의 머리를 부드럽게 쓰다듬었다.

"내가 사주마."

"그래도……."

그런데도 그녀는 조금도 기뻐하지 않았다. 예전의 그녀에 겐 없던 행동이다.

자기 돈만 쓰지 않으면 누구 돈이든지 상관하지 않았던 그녀다.

그랬던 그녀가 진검룡이 돈을 쓰는 것을 아까워하고 있는 것이다. 그를 남이라고 생각하지 않기 때문이다.

"들어가자."

진검룡은 주소영의 어깨에 손을 얹고 이끌듯이 간과방 안으로 들어갔다.

이른 아침이라서 방금 문을 연 간과방 안에는 손님이 한 명도 없었다.

"어서 오십시오. 오! 경혼협객(驚魂俠客)께서 우리 가게를 찾아주시다니……."

가게 안을 정리하고 있던 주인이 진검룡을 보고는 반색을 하며 나직이 외쳤다.

그러자 주소영이 발끈했다.

"사람을 잘못 봤어."

"진원분타의 경혼조장님이 아니십니까?"

"맞아. 그런데 어째서 경혼협객이라고 하는 거지?"

주소영은 못마땅하다는 듯 딱딱거렸다.

덥수룩한 수염투성이에 상투를 튼 커다란 체구의 주인은 껄껄 웃으며 설명했다.

"핫핫핫! 어제 아침에 진원분타 경혼조장님께서 한매선과 그녀의 호위무사들을 혼내주고 한매궁에 감금되어 있던 소수 민족 여자들 이백여 명을 구했다는 사실을 진원현에서 모르는 사람은 갓난아기밖에 없을 것입니다!"

"아……."

주소영이 나직이 탄성을 터뜨리자 주인은 신바람이 나서 손짓 발짓 섞어가며 열변을 토해냈다.

"그동안 한매궁이 못된 짓을 헤아릴 수 없이 많이 했는데도 진원현청은 물론이고 진원분타에서도 일절 손을 대지 못해서 현민들의 원성이 자자했었는데 어제 아침에 경혼조장님께서 한매선과 호위무사들을 혼찌검 내주는 바람에 진원현의 모든 사람들이 속이 다 후련해졌습니다!"

낙양성에서든 진원현에서든 악인을 징벌하면 선량한 백성들이 좋아하고 편해지는 이치는 똑같았다.

"더구나 경혼조장님께서 단신으로 남랑곡의 산적들을 몰살시켰다는 사실까지 밝혀지자 현민들은 드디어 진원현에도 구세주가 출현했다면서 기뻐하고 있습니다!"

주인은 마치 자신의 일인 양 싱글벙글했다.

"처음에 경혼협객이라는 별호가 누구의 입에서 나왔는지는 모르겠지만, 여하튼 어제 오후부터 진원현 내에 급속도로 파다하게 퍼지고 있습니다."

진검룡이 칭찬을 받으니까 주소영은 자신도 모르게 어깨

가 들썩거렸다.

그녀는 의아한 표정으로 주인에게 물었다.

"그런데 어떻게 조장님을 한눈에 알아본 거지?"

주인은 진검룡을 보며 미소 지었다.

"하하! 현 내에서 이런 모습을 한 사람은 경혼협객 한 분뿐
입니다."

진검룡이 체구가 큰데다 검은 방갓까지 눌러쓰고 있는 모
습을 말하는 것이다. 그런 모습이 진원현 같은 곳에서 눈에
띄지 않을 리가 없다.

주인은 두 손을 앞에 모으고 진검룡에게 연신 허리를 굽히
며 고마워했다.

"정말 고맙습니다. 그리고 잘하셨습니다. 앞으로도 우리
현민들을 잘 보살펴 주십시오, 경혼협객님!"

주소영은 감탄하는 표정으로 진검룡을 올려다보았다. 그
녀가 생각해 봐도 진검룡은 정말 대단한 일을 했다. 하지만
진원현 현민들이 이 정도로까지 굉장하게 진검룡을 칭송할
줄은 예상하지 못했다.

그저께 밤에 주소영과 무악, 미미는 늦게까지 자령심공의
구결을 외우고 이해하느라 꼬박 새다시피 하다가 새벽녘에야
겨우 잠이 들었었다.

그래서 이른 아침에 벌어진 한매궁 사건에 직접 참가하지
못했었다.

하지만 나중에 얼핏 낭랑에게 들어보니까 진검룡의 활약이 대단했다는 것이다. 그래서 주소영은 자신이 참가하지 못한 것을 땅을 치고 후회했었다.

그러나 방갓을 깊숙이 눌러쓴 진검룡은 평소와 조금도 다르지 않은 조용한 말투로 입을 열었다.

"검을 하나 만들어주시오."

주인은 자신이 경혼협객을 위해서 할 일이 있다는 사실이 기쁜 듯 반색을 했다.

"어떤 검이고 누가 사용하실 겁니까?"

"연검(軟劍)이고 이 아이가 사용할 것이오."

"아……."

주인은 아담한 체구의 주소영을 보며 뜻 모를 소리를 흘려냈다.

풀이하자면, 이렇게 어리고 연약한 아가씨가 연검을 사용한단 말입니까? 라는 것 같았다.

보통 일반적으로 검이라고 하면 경검(硬劍), 즉 잘 구부러지지 않는 단단한 검을 뜻한다.

반면에 연검은 얇고 가벼워서 잘 구부러지기 때문에 보통 요대(腰帶:허리띠)로도 많이 사용한다.

그런 특성 때문에 경검은 누구라도 쉽게 사용할 수 있으나, 연검은 똑바로 세우거나 수평을 이루어 겨누는 것조차도 어렵다.

세우거나 뻗으면 계속 흐늘흐늘 움직이는 탓에 중심을 잡지 못하기 때문이다.

그러므로 무림에는 연검을 사용하는 사람이 극히 드물다. 효과에 비해서 연마하기가 경검보다 몇 배나 어려워서다.

주인의 말인즉, 주소영 같은 연약하고 어린 아가씨가 어찌 무림고수도 사용하기 어려운 연검을 사용할 수 있겠느냐는 것이다.

그러나 주소영은 연검이 뭔지도 모른다. 방금 들은 것이 처음이다.

그래서 조금 불쾌한 표정을 지었다. 그녀는 진검룡이 자신을 경혼조원이라고 말해주기를 기다렸다.

하지만 한동안 기다려도 그는 아무 말도 하지 않았다. 하긴, 그에게 그런 것을 바라는 것 자체가 무리였다. 그는 자랑이라는 자체를 모르는 사람이다. 그래서 결국 주소영은 자신의 입으로 밝혔다.

"경혼조원은 어떤 무기라도 사용할 줄 알아."

얼굴이 좀 뜨거워졌지만, 자신이 경혼조원이라는 사실을 제때에 밝히지 않아서 두고두고 후회하게 되는 것보다는 훨씬 나은 판단이다.

"아! 여협께선 경혼조원이셨습니까?"

봐라. 주인의 언행이 금방 완전히 변하지 않는가.

얼굴 가득 떠오른 표정은 존경과 흠모, 그리고 무한한 신뢰.

주소영은 이때만큼은 진검룡처럼 가볍게 슬쩍 고개를 끄덕이며 느긋하게 말했다.

"자, 이제 연검을 보러 갈까?"

"넵! 어서 이리로!"

주인이 깍듯하게 허리를 굽히며 안쪽을 가리키자 주소영은 조금 거드름을 피우며 진검룡에게 가볍게 고개를 숙였다.

"가시죠, 조장님."

그녀가 고개를 들고 쳐다보자 마침 진검룡이 지나가면서 그녀를 굽어보며 귀엽다는 듯 빙그레 엷은 미소를 짓고 있는 것이 보였다.

"헤헤……."

주소영은 괜히 쑥스러워서 혀를 낼름 내밀고는 얼른 그의 뒤를 따랐다.

"너, 체중이 몇 근 나가느냐?"

"그건 왜 물어요?"

진검룡이 불쑥 묻자 주소영은 반사적으로 되물었다.

그러자 주인이 대신 설명을 해주었다.

"체중을 알아야지만 거기에 맞는 무게의 무기를 제작할 수 있습니다."

주소영으로선 추호도 몰랐던 사실이다. 그저 대충 적당한 무기를 사용하기만 하면 되는 줄 알았다. 하지만 말은 전혀 다르게 튀어나왔다.

"나도 알고 있어."

그녀는 눈을 깜빡이면서 자신의 체중이 얼마인지 생각해 보았다. 하지만 평생 한 번도 달아본 적이 없는 체중을 어찌 알겠는가.

슥—

그때 진검룡이 갑자기 그녀의 오른쪽 겨드랑이 아래로 손을 넣더니 마치 밥그릇 하나를 들듯이 가볍게 들어 올렸다.

"어어⋯⋯."

진검룡의 손이 너무 커서 주소영의 젖가슴 한쪽을 완전히 덮어버렸다.

"쉰일곱 근(34.2kg)."

"그것보다는 더 나가요."

주소영은 대롱대롱 매달려서 항의했다. 그녀 정도의 나이에, 그리고 그 정도 체구라면 체중이 일흔다섯 근 정도 나가야 정상이다. 쉰일곱 근이면 정상적인 체중에 한참 모자라는 야윈 체형이다.

주인은 진검룡이 장난을 한 것이라고 여기고 빙그레 미소 지으면서 한쪽에 있는 저울을 가리켰다.

"그러시면 여협께서 직접 저울에 올라가 보시지요."

주소영이 저울에 올라가자 눈금을 재면서 살피던 주인이

크게 감탄하며 낮게 외쳤다.

"맙소사! 정확하게 쉰일곱 근입니다요!"

그는 믿을 수 없다는 듯 저울의 눈금과 진검룡을 번갈아 쳐다보며 혀를 내둘렀다.

"간과방 생활 삼십여 년에 경혼협객님처럼 정확하게 체중을 맞추시는 분은 처음입니다!"

"여덟 냥(480g)짜리 연검을 만들어주시오."

진검룡의 주문에 주소영과 주인이 동시에 놀랐다.

"그렇게 가벼운 게 무기예요?"

"너무 가볍습니다."

원래 검(劍)은 사용할 사람의 체중 십분지 일로 만들고, 연검은 이십분지 일이 적당하다는 것이 무림의 정평이고 상식이다. 그것을 간과방 주인이 모를 리가 없다.

그런 식으로 하자면 주소영의 체중이 쉰일곱 근이므로 그녀가 사용할 연검은 세 근(1.8kg)은 돼야 한다.

그런데 그보다 네 배 이상 가벼운 여덟 냥짜리 연검이라니까 주인이 놀라는 것은 당연하다. 아니, 그것은 무기 자체가 성립이 되지 않는다.

"아무리 가벼워도 최소한 두 근(1.2kg)은 돼야 합니다."

"해주시오."

"해달라고 하시면 해드리기야 하지만… 여덟 냥짜리 연검으로는 종이조차 자르지 못할 것입니다요. 당최 연검을 똑바로 세울 수조차 없을 테니까 말입니다. 과연 그것을 연검이라고 불러야 할지도 의문이고…….”

주인이 말을 하고 있는 사이에 주소영은 품속을 뒤적거려서 각전 여덟 냥을 꺼내 손바닥 위에 올려서 무게를 달아보더니 얼굴 가득 어이없다는 표정을 떠올렸다. 여덟 냥의 무게가 가벼워도 너무 가벼웠다.

“기가 막혀. 이 무게로 어떻게 사람을 죽인다는 거죠?”

진검룡은 주소영의 말은 들은 체도 하지 않고 주인에게 물었다.

“만들 수 있소?”

“어떻게든 만들 수는 있겠습니다만…….”

“순철(純鐵) 두 냥에 경철(鏡鐵) 두 냥, 가단철(可鍛鐵) 두 냥, 그리고 금(金) 두 냥을 사용하시오.”

“…….”

주인은 입을 딱 벌리고 놀라며 아무 소리도 하지 못했다. 그는 그런 식으로 연검을 만드는 방법이 있는지조차도 모르고 있었다.

일반적인 연검은 가단철이나 순철만으로, 아니면 두 가지를 섞어서 만든다.

주소영은 순철이니 경철, 가단철 같은 말은 아예 들어본 적도 없고, 금이라는 말만 알아들었다. 그런데 연검에 어째서 금을 넣어야 하는지 이유를 알 길이 없었다.

"가단철 두 냥과 금 한 냥을 합금하여 양쪽 칼날을 만들고, 순철을 검신으로 하며, 경철을 검중(劍中)으로 하고, 금 한 냥으로 검파를 만드시오."

"자, 잠시 기다리십시오."

주인은 황망히 사라지더니 잠시 후에 지필묵을 갖고 와서 자세히 받아 적기 시작했다.

진검룡은 처음이나 지금이나 억양없는 목소리로 똑같이 설명을 이어갔다.

"전체 길이는 넉 자 두 푼 구 리(1.3m), 검신의 너비는 두 푼 삼 리(7㎝), 검파의 길이는 닷 푼(15.1㎝), 슴베(칼코등이)의 높이는 일 푼 삼 리(4㎝)로 해주시오."

쿵!

설명을 마치고 진검룡은 품속에서 묵직한 돈주머니를 꺼내 때 묻은 낡은 탁자에 내려놓았다.

"은자 오백 냥이오."

"……."

"……."

주소영과 주인 똑같이 놀라서 눈과 입을 커다랗게 벌렸다.

주인의 계산으로는, 주문한 연검을 만드는 데 금 두 냥을 사용하고 공임(工賃)을 두둑하게 친다고 해도 은자 백 냥이면 뒤집어쓸 정도다.

그런데 진검룡이 선뜻 은자 오백 냥을 내놓았으니 기절초

풍할 일이었다.

그러나 주인은 곧 진검룡의 진중한 표정을 보고는 그의 뜻을 깨달았다.

그만큼 열과 성을 다해서 최상의 연검을 만들어달라는 뜻인 것이다.

주소영은 너무 경악해서 눈을 휘둥그렇게 뜨고 입을 딱 벌린 상태로 우두커니 서 있었다. 오죽하면 진검룡이 간과방을 나가는 것도 모르고 있었다.

은자 오백 냥은 주소영이 십 년 동안 뼈가 휘도록 일해서 모아야 간신히 만질 수 있는 어마어마한 금액이다.

그런데 진검룡은 그것을 주소영의 연검을 만들어달라고 일말의 고민도 하지 않고 내놓은 것이다.

주소영이 태어나서 지금까지 대저 어느 누가 이토록 큰 호의를 베풀었는가.

없었다. 아무도 없었다. 그리고 진검룡이 아니라면 앞으로도 죽을 때까지 아무도 없을 것이다.

실로 엄청난 충격이 주소영의 머리와 작은 가슴속을 폭풍처럼 휩쓸었다.

연검을 여덟 냥 무게로 만든다는 것 따위는 이미 까맣게 잊어버렸다.

과연 나는 진검룡에게 어떤 존재인가? 그 생각만 머리에 꽉 차 있었다.

진원분타로 가는 길에 주소영은 아무 말도 하지 않고 진검룡의 뒤만 졸졸 따라서 걸었다.

　　그뿐 아니라 고개까지 푹 숙이고 걸었다. 보이는 것은 땅과 앞서 걸어가는 진검룡의 발뒤꿈치뿐이다.

　　간과방을 나선 이후 진검룡은 거리에서 자신을 알아보고 인사를 하는 많은 현민들과 마주쳤다.

　　그는 아무에게도 마주 인사를 하지 않고 꼿꼿하게 앞만 보고 걸었다.

　　그런데도 사람들이 계속 알아보고 인사를 하는 바람에 귀찮아져서 급기야 방갓을 벗어버리고 말았다. 그의 특징이 검은 방갓이기 때문이다.

　　그랬더니 그를 알아보는 사람은 없어진 반면에 또 다른 일이 생겼다.

　　그와 마주쳐서 지나가는 사람들이 그를 쳐다보면서 한결같이 감탄을 하거나 질린 듯한 표정을 지으며 피해서 가는 것이었다.

　　이유는 단순하다. 진검룡의 외모가 너무 출중하기 때문이다.

　　헌칠한 키와 흠 잡을 데 없이 균형 잡힌 체구, 그리고 준수한 용모는 아니더라도 강퍅하면서도 용맹하고, 불굴의 의지가 고스란히 드러나 있는 얼굴을 보면 어느 누구라도 눈을 뗄

수가 없었다.

진검룡은 그것이 귀찮아졌으나 그렇다고 얼굴을 면사로 가리고 다닐 수는 없는 노릇이라서 그냥 견디기로 했다.

어차피 진원현에서 살아가려면 이것 또한 감수해야 할 하나의 작은 난관이었다.

탁!

쿵!

"아얏!"

그때 고개를 숙인 채 걷던 주소영의 발끝이 돌부리에 걸려서 그만 앞으로 엎어지고 말았다.

부스스 일어나는 그녀의 무릎이 깨지고 뺨이 까져서 피가 흐르고 있었다.

"나는 괜찮아요… 아야!"

그녀는 아무렇지도 않은 듯 걷다가 무릎이 아파서 절름거리더니 급기야 다시 앞으로 고꾸라졌다. 크게 다친 것은 아닌데 무릎이 순간적으로 놀란 듯했다.

그러나 쓰러지기 전에 진검룡이 잡아서 일으켰다.

"괜… 찮아요. 걸을 수 있어요."

주소영은 고개를 숙인 채 진검룡의 손을 뿌리치고 걸으려 했으나 뜻대로 되지 않고 심하게 절름거렸다.

"아…….."

그러자 진검룡이 아무 말 없이 그녀를 번쩍 들더니 자신의 등에 업었다.

이어서 두 손으로 그녀의 궁둥이를 받쳐 들고는 성큼성큼 걸어가기 시작했다.

깜짝 놀랐던 주소영은 곧 그의 너른 등에 뺨을 대고는 눈을 꼭 감고 입술을 힘껏 깨물었다.

참으려고 했는데 자꾸만 눈물이 났다. 그래서 눈물을 보이지 않으려고 걸으며 계속 고개를 숙였던 것이다.

그런데 진검룡이 그녀를 덥석 업자 더 이상 참을 수 없게 되었다.

그의 따스한 등이, 그의 넓은 마음이 그녀를 생애 최초로 커다랗게 감동시켜 버리고 말았다.

"으흐흐흑……."

바들바들 몸을 떨던 그녀는 급기야 울음을 터뜨렸다.

두 팔로 진검룡의 가슴을 끌어안고는 그의 등에 얼굴을 비비면서 울기 시작했다.

참았던 울음이 기어코 터지자 그녀는 조금만 울고 그쳐야지라고 생각했다.

하지만 한 번 터진 울음은 쉬이 그쳐지지 않았고, 오히려 더욱 격렬하게 그녀를 뒤흔들었다.

그녀는 이날까지 살아오면서 별로 울어본 적이 없었다. 거칠고 척박한 세상을 오로지 독기 하나만 품고 살아오느라 눈물이, 아니, 감정이 말라 버렸기 때문이다.

어쩌다가 한 번 울어야 할 때가 생기더라도, 아무도 없는 곳에서 입술을 깨물면서 무릎 사이에 고개를 처박은 채 끅끅거리면서 심장을 쥐어뜯을 듯이 울었었다.

그런데 만난 지 이제 겨우 열흘도 되지 않는 이 커다랗고 무뚝뚝한 멋없는 사내가 그녀를 대로 한복판에서 울리고 말았다.

그가 연검 값으로 거금 은자 오백 냥을 간과방에 선뜻 내서가 아니다. 그의 마음씨 때문이다.

그가 베푼 따뜻한 마음씨가 꽁꽁 얼어 있던 주소영의 심장을 녹여 버렸다.

금방 그쳐야지 했던 눈물은 봄에 녹기 시작한 산기슭의 계류처럼 그칠 줄 몰랐다.

"으허엉! 엉엉!"

십구 년 동안 살아오면서 이 작은 몸과 가슴에 쌓이고 쌓였던 세속의 온갖 구박과 때와 더러움이 한꺼번에 터져서 이젠 걷잡을 수 없을 지경이 돼버렸다.

주소영은 진검룡의 몸속으로 녹아서 들어갈 듯이 그를 힘차게 끌어안으며 흐느끼면서 중얼거렸다.

"흐흐흑! 엉엉! 나… 잘할게요… 조장님… 아니, 사부님에게 정말로 잘할 거예요……"

진검룡은 그녀가 눈물로 등을 흠뻑 적시는데도 아무 말 없이 그녀의 궁둥이를 툭툭 두드릴 뿐이다.

지난 며칠 사이에 주소영에게는 많은 변화가 일어났다. 그 것은 그녀가 십구 년 동안 살아오면서 겪었던 변화보다 더 많고 굴곡이 심한 것들이었다.

아까까지만 해도 그녀는 진검룡을 자신의 순결을 가져간 남자라고 여겼었다.

그래서 사랑을 느끼지도 않으면서 막연하게 자신의 남자라고 생각했었다.

그런데 이제는 아니다. 이런 사내가 주소영이 혼절한 틈을 노려서 순결을 빼앗는 따위의 비열한 짓을 했을 리가 없다. 교활한 낭랑이 악의의 거짓말을 한 것이 분명하다.

지금의 진검룡은 주소영에게 있어서 사부고 조장이며, 아버지이고, 사내이며, 동료다.

*　　　*　　　*

추혼향처 경혼조 편좌방에 진검룡과 경혼조원 아홉 명이 모두 모여 있었다.

진검룡은 일렬로 나란히 늘어선 조원들 한가운데 서서 나직한 어조로 말문을 열었다.

"경혼조는 다음 달 보름까지 곤명지부로 간다."

아무도 모르고 있던 사실이라서 모두들 크게 놀랐다.

곤명지부로 가는 것에는 여러 가지 이유가 있을 수 있다.

하지만 모두들 반사적으로 똑같은 생각을 떠올렸다. 즉, 경혼조가 사황벌 징강지부와 싸우게 됐다는 것이다.

"싸… 움입니까?"

평소 무서움을 모르는 장관웅의 목소리가 가늘게 떨렸다. 사황벌 징강지부와의 싸움이 얼마나 치열하며, 또한 진원분타에서 얼마나 많은 조원들이 그 싸움에서 죽고 다쳤는지 잘 알고 있기 때문이다.

진검룡이 고개를 끄덕이자 이미 싸움을 짐작하고 있던 조원들의 얼굴이 심각하게 굳었다.

주소영은 진검룡의 얼굴을 쳐다보고는 그가 아무 말도 하지 않을 것 같다고 생각하여 앞으로 나서 조원들을 향해 서서 말했다.

"싸움에 참가하는 조원은 매월 은자 이십 냥의 녹봉을 받게 된다. 죽으면 가족이나 친지에게 은자 백 냥이 전달되고, 부상을 당하면 전적으로 곤명지부나 분타에서 치료해 주고, 부상 정도에 따라서 보상금을 받게 된다."

그녀가 구태여 설명해 주지 않아도 기존의 조원들은 그런 사실들을 잘 알고 있었다.

단지 새로 온 조원들, 낭랑이나 조제, 도록, 무악, 미미는 모르고 있었다.

하지만 낭랑과 조제, 도록은 싸움에 참가하는 조원의 처우에 대해서 높은 관심을 보인 반면에, 무악과 미미는 극도로 긴장한 표정만 짓고 있었다.

주소영의 말이 이어졌다. 그녀의 목소리는 방금 전보다 더 단단하고 차가워졌다.

"전투를 원하지 않는 자는 이곳에 남아서 다른 조에 편입될 것이다. 누가 빠지겠느냐?"

그녀는 무악과 미미를 제외한 모두에게는 막내지만, 부조장다운 당당함을 유감없이 보여주었다.

그녀의 말에 단 한 사람만 반응을 보였다. 도록이다. 그는 뒤로 반걸음쯤 물러났다가 다시 제자리로 돌아왔으나 얼굴에는 갈등하는 기색이 역력했다.

인간이라면 누구나 죽는 것이 두렵고 싫게 마련이다. 하지만 다른 경혼조원들은 믿는 존재가 있는 반면에 아무것도 모르는 도록은 그저 두렵기만 할 뿐이었다.

그때 낭랑이 손으로 돈 세는 시늉을 하면서 히죽거렸다.

"후후, 자그마치 매월 은자가 이십 냥이야. 이곳에서 빈둥거리면서 버는 돈의 무려 네 배지."

낭랑과 마찬가지로 돈에 욕심을 보이는 사람은 조제와 도록뿐이다. 돈을 벌려고 이런 촌구석까지 찾아왔으므로 당연한 일이다.

경혼조원 아홉 명은 짧게는 일 년에서 길게는 이십여 년 동안 칼날 위에 살면서 여러 가지 일들을 해왔지만, 싸움, 아니, 전투에 참가해 본 사람은 한 명도 없다.

이제 막 경혼조원이 된 도록을 제외한 여덟 명의 조원은 진검룡을 철석같이 믿고 있었다.

그의 지휘 아래에서 행동하면 다른 조원들에 비해서 죽거나 다칠 확률이 현저하게 줄어들 것이라고 확신했다.

주소영은 빤히 도록을 주시했다. 그녀는 오라비인 그가 빠져 주기를 내심 바라고 있었다.

그러나 도망자 도록은 아랫배에 불끈 힘을 주며 정도 이상으로 큰 목소리로 외쳤다.

"참가하겠습니다!"

조원들 모두 도록을 쳐다보며 웃었다. 벙긋 웃는 사람도 있고, 피식 실소를 흘리는 사람도 있다. 그냥 가만히 서 있기만 하면 되는데 도록이 구태여 참가하겠다고 큰 소리로 외쳤기 때문이다.

주소영은 진검룡을 돌아보며 공손히 물었다.

"조장님, 하실 말씀 없으세요?"

진검룡은 잠시 무엇인가 생각하더니 조용한 어조로 말했다.

"박투술(搏鬪術) 한 가지를 가르쳐 줄 테니까 배우고 싶은 사람은 따로 모이도록."

추혼향처 뒤에는 경혼조원이 한 명도 빠짐없이 모여서 일렬로 늘어서 있다.

도록을 제외한 모두들 진검룡의 실력을 잘 알고 있기 때문에 그가 박투술을 가르쳐 준다니까 관심이 대단했다.

경혼조원들 중에서 정식으로 무술을 배운 사람은 동풍 한 사람뿐이다.

그러나 진원현 토박이인 동풍조차도 현 내에서 숭무관 다음으로 규모가 큰 무도관인 명검당(名劍堂)에서 반년 남짓 검술을 배운 것이 전부였다.

그러니까 다른 여덟 명은 이곳저곳 떠돌면서 마구잡이로 배운 잡술(雜術)이 고작이라는 뜻이다.

도록은 자신의 실력을 어느 정도 믿고 있었다. 진검룡을 제외하고는 자신이 경혼조 내에서 가장 실력이 좋을 것이라고 확신하고 있다.

그래서 진검룡이 가르치는 박투술 따윈 배우지 않으려고 편좌방 나무 침상에 혼자 누워서 잠을 청했다.

그런데 마지막으로 편좌방을 나가던 주소영이 그를 쏘아보면서 한마디 했다.

"병신. 죽기 싫으면 배워."

진검룡은 목검 한 자루를 쥐고 경혼조원 앞쪽 한가운데에 우뚝 섰다.

"박투술의 목적은 나는 다치지 않고 적을 무력하게 만드는 것이다."

아홉 명은 눈을 초롱초롱 빛내면서 진검룡을 보며 귀를 기울렸다.

"내가 가르칠 것은 별로 없다."

'박투(搏鬪)'란 근접 거리에서 다수의 상대와 온몸과 무기를 이용해서 치열하게 싸우는 것을 말한다. 그러므로 거기에 한 글자 '술(術)'이 더 붙었으니, 이른바 '근접 거리에서 치고받는 기술'이라는 뜻이다.

무림고수들은 박투술을 배우지 않는다. 무림에서는 주로 일대일로 싸우고 떼거리로 싸움을 벌이는 일이 거의 없기 때문이다.

그러므로 박투술은 전쟁에 참가하는 군사들이나 삼류 이하의 오합지졸들이 배우는 하급 기술이다.

그러나 사람이란 상승 무공이든 하급 기술이든 어느 것에라도 걸리면 죽거나 다치게 마련이다.

죽을 때 우아하고 멋있게 죽는 사람이란 없다. 상승 무공으로 개나 돼지를 죽일 수도 있고, 하급 기술로 황제를 죽일 수도 있는 법이다.

세상에 존재하는 모든 무공이나 싸움 기술의 요지는 방금 진검룡이 말한 것처럼 '나는 다치지 않고 상대를 무력하게 만드는 것'이다.

"첫째, 온몸을 공격 무기로 삼아라."

진검룡은 나직이 말하고 나서 조원들에게 걸어갔다.

"모두 한꺼번에 나를 공격해라. 무기를 사용해도 된다."

그러나 모두들 머뭇거렸다. 진검룡의 실력을 알기 때문에 된통 당할까 봐 염려하는 것이다.

하지만 총명한 무악이 조원들을 일깨워 주었다.

"제가 셋을 세면 일제히 사부님을 공격하세요!"

조원들은 무악의 말뜻을 알아차렸다. 아홉 명이 합공을 해도 진검룡을 이기지 못하는 것이 당연하다.

하지만 지금은 그를 이기는 것이 목적이 아니라, 방금 그가 말한 '온몸을 공격 무기로 삼는다'는 것을 그가 어떻게 시범을 보이는지 견식하는 것이다.

진검룡은 장승처럼 우뚝 서 있고, 아홉 조원이 천천히 그의 주위를 둥글게 에워싸면서 무악이 셋을 세기를 기다리며 저마다 자신의 최고 실력으로 공격하리라 마음먹었다.

낭랑은 어깨에서 검을 뽑았고, 동풍은 품속에서 한 자 길이의 검을 꺼냈으며, 장관웅은 언제나 허리춤에 매달고 다니는 한 자 반 길이의 몽둥이를 잡아서 양쪽으로 쭉쭉 잡아당기자 무려 넉 자 길이의 봉으로 둔갑했다.

조제는 창을 곧추 잡았으며, 도록은 허리의 쌍도를 양손에 움켜잡았다.

원래 무기가 없는 와평은 맨손으로, 그리고 쌍도를 버린 주소영과 무악, 미미도 맨손으로 진검룡을 조준하면서 공격할 채비를 갖추었다.

"하나… 둘… 셋! 공격!"

그 순간 무악이 크게 외치면서 냅다 진검룡을 향해 돌진하며 주먹을 뻗자, 모두들 일제히 공격을 개시했다.

휘익! 휙! 쐐액!

포위한 상태에서 합공을 하는 것이기 때문에 공격 부위가 제각각 달랐다.

우뚝 서 있던 진검룡은 아홉 명의 공격이 두 자 거리에 이르자 비로소 움직였다.

그는 일단 정면에서 주먹을 날려오는 무악의 이마를 오른손 손가락 끝으로 슬쩍 밀었다.

그와 함께 오른쪽 팔꿈치로 무악 옆에서 공격해 오는 동풍의 가슴팍을 툭 건드렸다.

그러는 사이에 왼손을 수평으로 휘둘러서 와평의 어깨를 가볍게 치고는, 장관웅과 그의 봉을 한꺼번에 날려 버렸다.

그 직후 뒤쪽 우측으로 한 걸음 물러나면서 어깨 뒤쪽을 뾰족하게 해서 찔러오는 조제의 창대 옆을 튕겨냈고, 오른발을 말이 뒷발치기를 하듯 휘둘러 조제 옆의 주소영의 턱을 툭 건드렸다.

"앗!"

그 순간 별안간 왼쪽 후방으로 몸을 날려 왼팔 팔꿈치로 낭랑의 턱 아래 목을 찍듯이 건드리는 것과 동시에 왼손을 뿌려 내서 그 옆의 도록의 쌍도를 날려 버렸다.

그리고는 마지막으로 남은 미미의 얼굴로 가볍게 주먹을

뻗었다.

"아……."

커다란 주먹이 곧장 짓쳐 오자 미미는 그 자리에서 얼어붙었다.

그러자 진검룡은 주먹을 멈추고 주먹을 풀어 손바닥으로 미미의 뺨을 부드럽게 두드려 주었다.

"헤에……."

미미는 얼굴을 붉히며 방그레 웃었다.

설명은 길었으나 진검룡의 모든 동작은 눈을 한 번 깜짝이는 찰나지간에 한꺼번에 일어난 것이다.

진검룡 앞에 방실방실 미소 지으면서 서 있는 미미를 제외하곤 여덟 명 모두 사방에 쓰러져서 더없이 놀라는 표정을 짓고 있었다.

자신들이 진검룡의 상대가 되지 못할 것이라고 짐작은 했으나 이처럼 무기력할 줄은 예상하지 못했기 때문이다.

그러나 아무도 다친 사람은 없었다. 또한 아프지도 않았다. 진검룡이 살짝 밀던가 가볍게 툭 건드렸기 때문이다.

진검룡은 방금 '온몸을 공격 무기로 삼는다' 는 것을 너무도 똑똑하게 잘 보여주었다. 그것은 백 마디 설명보다 훨씬 효과적이었다.

"둘째, 무기를 두 개 이상 지니거나 부착하고 싸우되 두 자이상 길이의 무기를 사용하지 마라."

조원들은 부스스 일어나면서도 진검룡의 얼굴에서 시선을 떼지 않았다.

무기를 여러 개 지니거나 부착하는 것이 유리하다는 이유는 방금 진검룡이 보여주었다.

만약 그의 양손에 도검이 쥐어져 있으며, 팔꿈치, 어깨, 발에 날카로운 무기가 부착되었다면 거기에 당한 사람들은 모두 죽거나 다쳤을 것이다.

"근접 싸움에서 긴 무기는 무조건 불리하다. 짧되 뾰족하고 날카로운 것. 즉, 상대에게 치명적인 것을 선택하라."

진검룡의 설명은 계속됐다.

셋째, 싸움이 불리해지면 최대한 자세를 낮추고, 더 불리해지면 가까운 주위의 동료와 힘을 합쳐라.

넷째, 눈으로 보고 귀로 듣는 것뿐만 아니라 본능과 육감, 느낌 등을 단련하라.

다섯째, 강인한 체력을 길러라. 그래야만 싸움이 끝날 때까지 살아남을 수 있다.

여섯째, 깨어 있을 때나 자고 있을 때에도 항시 싸움에 대해서 생각하라.

진검룡은 설명을 끝낸 후에 똑같은 길이의 목검을 조원들에게 고루 나눠주고 아홉 명이 한 덩이가 되어 서로 싸우도록 했다.

박투를 벌이다가 최후의 한 사람이 남게 되면, 일각 동안

휴식을 취하고 다시 박투를 재개하라고 지시했다.

진검룡이 경혼조원에게 박투술을 가르치는 이유는 단 하나뿐이다.

자신의 조원들이 끝까지 살아남기를 바라기 때문이었다.

청룡검대의 수하들에게도 그랬듯이.

第三十章
신입 경혼조원

大中原

경혼조원들이 추혼향처 뒤에서 한 덩이로 어울려 박투를 벌이고 있을 때, 진검룡은 적룡당주인 적룡도 훈용강의 부름을 받고 적룡전으로 향하고 있었다.

그는 아마도 경혼조가 곤명지부의 전투에 참가하게 된 것 때문에 훈용강이 할 말이 있기 때문일 것이라고 예상했다.

그런데 그가 안내된 곳은 적룡전 이층에 있는 당주 집무실이 아니라 지하였다.

그때까지도 그는 별다른 의심을 하지 않았다. 의심할 것이 없기 때문이다.

지하로 뻗은 돌계단을 오륙 장쯤 내려가니 그곳은 사방이

막힌 커다란 한 칸의 석실이었다.

일견하기에도 적룡당 휘하의 무사들이 무술을 수련하는 연무장인 듯했다.

추혼향에는 이런 곳이 없는데 과연 적룡당은 뭔가 달라도 달랐다.

여기저기 무술 수련에 필요한 도구들과 벽에는 각종 무기들 백여 자루가 진열되어 있었다.

진검룡이 방금 내려온 돌계단 아래에는 탁자와 의자 몇 개가 놓여 있는데, 그를 안내한 적룡당 무사는 그를 그곳에 앉게 하고 차를 한 잔 따라주었다.

"잠시만 기다리시오. 당주께서 반 각 이내에 오실 것이오."

그리고는 무사는 돌계단을 다시 올라갔다.

쿵!

적룡전 일층에서 지하로 내려오는 입구의 철문이 닫히는 소리가 멀리서 들려왔다.

후룩.

진검룡은 무심히 찻잔을 들어 한 모금 마셨다. 향긋한 향기가 코를 은은하게 자극했다.

그가 예전 청룡검신의 신분이었다면 이런 수상한 지하 석실에 들어오지도 않았을 것이다.

그리고 방금 철문이 닫히는 소리를 들었으면 함정에 빠졌다고 직감했을 것이다. 그를, 아니, 청룡검신을 죽이려는 자들이 많았기 때문이다.

하지만 이곳 진원분타에는 그의 적이 없었다. 그러므로 그를 함정에 빠뜨릴 이유가 없다.

한매선 고선의 사주를 받아서 그를 죽이려고 했던 창룡당주 전술과 탈혼조장 호태곤은 은자 이백 냥과 몇 마디 말로 해결된 듯하다. 그때 이후 별다른 조짐을 보이지 않고 있었기 때문이다.

고선이 또 다른 술수를 부린다면 큰 오라비인 곤명지부주 고후에게 고자질하는 정도인데, 아직은 곤명지부가 움직인 것 같지는 않았다.

아니, 아마도 곤명지부는 움직이지 않을 것이다. 왜냐하면 진검룡과 경혼조가 머지않아 그곳으로 갈 것이므로.

진검룡이 차를 다 마시고 일각이 지났는데도 훈용강은 오지 않았다.

진검룡을 이곳으로 안내한 무사는 반 각 후에 훈용강이 온다고 말했었다.

그러나 일을 하다 보면 반 각이 일각이 될 수도 있다. 반 각쯤 더 기다린다고 의심을 하거나 자리를 박차고 일어나는 것은 수하가 취할 태도가 아니다.

진검룡은 일개 조장이고 상대는 분타주를 대신하고 있는 당주가 아닌가.

그래서 그는 당주의 체면을 봐서라도 반 시진 정도는 더 기다려 주기로 했다.

반 시진이 지났다. 당주도, 아무도 오지 않았다.

그리고 진검룡은 결론을 내렸다. 이것은 함정이다. 당주 훈용강도 고선의 사주를 받은 것이 분명했다.

훈용강은 머리를 쓴 것 같다. 진검룡에게 직접 손을 대지 않고도 죽이는 방법을 찾아냈다. 지하 석실에 가둬서 굶어 죽이는 방법이다.

굶어 죽을 때까지 오래 걸린다는 단점이 있지만, 확실하게 죽일 수 있다는 장점이 더 크다.

또한 훈용강이 바깥에서 수하들을 시켜서 진검룡을 죽이려고 하다가는 자칫 남의 눈에 띌 염려가 있다.

그뿐만 아니라 수하들 중에 몇 명이 죽거나 다칠 수도 있을 것이다.

그렇다고 훈용강 자신이 직접 나서는 것은 여러 가지 사정상 좋지 않을 터이다.

진검룡이 남랑곡의 산적들을 몰살하고, 한매궁 전문 앞에서 한매선의 수하 무사들 십여 명을 제압하는 위용을 보였다고 해도 훈용강은 그를 대단하게 평가하지 않았을 것이다.

현재 진검룡의 머리에 제일 먼저 떠오르는 생각은 훈용강을 찾아가서 박살을 내주는 것이었다.

하지만 그것은 바람직하지 않다. 누구의 잘잘못을 떠나서 만약 진검룡이 훈용강을 죽이면 그 여파는 쉽게 가라앉지 않을 것이 분명하다.

또한 그러는 것은 같은 진원분타 사람끼리 죽고 죽이는 내분(內分)에 다름 아니다.

낙양총부에서 대사건을 연루되어 외천된 진검룡이 이곳에서 자꾸 바람을 일으킨다면 좋을 게 하나도 없다.

"왜들 이러는 겐가?"

문득 진검룡은 나직이 한숨을 내쉬듯 중얼거렸다.

"나를 왜 가만히 내버려 두지 않는 것인가?"

답답했다. 아니, 가슴 저 밑바닥에 간신히 가둬놓은 활화산 같은 분노가 꿈틀거리고 있었다.

"나는 오직 정의만을 수호했거늘… 어째서 나를 끝없이 모함하는 것인가?"

한매선 고선이 아니다. 그를 절대자의 지위에서 나락으로 끌어내린 산동성 숭화문 사건을 말하고 있는 것이다.

그런데 그는 방금 '모함'이라고 말했다. 그렇다. 그는 누군가 만들어놓은 덫에 걸렸던 것이다.

자신이 벽촌으로 외천된 것은 어떻게든 받아들일 수 있겠으나, 모함은 너무 억울했다.

그러나 낙양총부 뇌옥에 석 달 동안 감금되어 있는 과정에서 그가 깨달은 것은 오직 한 가지다. 자신이 너무도 완벽한 함정에 빠졌다는 사실이다.

그런데 이런 벽촌 분타의 조장으로 외천되어서도 그 이 갈리는 모함이나 권모술수 따위가 여전히 끊이지 않고 그의 주위를 맴돌고 있는 것이다.

그는 들끓는 분노를 억누르려는 듯 굳게 눈을 감고 한동안 꼼짝하지 않고 앉아 있었다.

열 호흡쯤 지나서 그는 맑은 빛을 흘리는 눈을 뜨고 천천히 몸을 일으켰다. 마음을 다스린 것이다.

휘청!

그런데 그는 쓰러질 듯이 한차례 크게 휘청거리다가 다시 의자에 주저앉았다.

"독이라는 건가?"

그는 어이없다는 표정으로 중얼거렸다. 훈용강이 독까지 사용할 줄은 예상하지 못했다.

슬쩍 공력을 끌어올리려고 하니까 단전이 찌르르 바늘로 찌르는 것 같은 것이 중독된 게 분명했다.

훈용강은 진검룡을 밀폐된 지하 석실에 가둔 것으로도 모자라서 좀 더 확실한 방법 하나를 더 사용했다.

독이다. 진검룡이 이곳에 내려와서 한 모금씩 마시다가 마지막 한 방울까지 다 마신 차에 독이 들어 있었다.

아무도 없는 곳에 혼자 있는데 그 앞에 따스한 차가 한 잔 있다면 마시지 않을 사람이 없을 것이다.

그가 차를 마시면서도 알아차리지 못했다면 필경 무색무취의 독이 분명하다.

"고선 이년……."

자신을 이곳에 가두고 독을 푼 훈용강보다도, 그를 그렇게 하도록 만든 고선에게 분노했다.

그러나 그들은 모르고 있다, 진검룡의 본실력을. 그가 절대무적(絶代無敵)의 불사신(不死身)이라는 사실을.

척!

한 번의 운공조식으로 체내에서 독을 깨끗이 몰아낸 진검룡은 긴 돌계단을 올라와서 적룡전 일층의 굳게 닫힌 철문 앞에 멈춰 섰다.

천하에서 다섯 손가락 안에 꼽히는 절독(絶毒) 몇 가지를 제외하곤 그를 곤란하게 만들 독이란 없다.

그가 아까 들어오면서 얼핏 봤을 때 철문 두께가 대략 세 치 정도 됐었다.

이곳에서 나가려면 밖에서 철문을 열어주지 않는 한 부술 수밖에 없다.

진검룡은 천천히 오른팔을 들어 올려 어깨에 메고 있는 검의 검파를 잡았다.

세 가닥 푸른 수실이 검파 끝에 묶여 있는 넉 자 길이의 이 검은 진검룡이 십육 세 때 사문을 떠나는 날 사부께서 하사하신 사문의 보검(寶劍)이다.

의천검(義天劍). 정의가 하늘까지 닿으라는 사부의 희망이 담겨 있는 검이다.

그래서 진검룡은 의천검을 받은 날부터 검의 이름을 더럽히는 일은 터럭만큼도 하지 않았었다.

우웅..

단지 검 한 자루가 뽑히는 것뿐인데 용이 나직이 우는 듯한 용음(龍吟)이 울렸다.

진검룡이 전력으로 쌍장을 발출하면 세 치 두께의 철문쯤은 단번에 부술 수 있다.

하지만 그럴 경우 소란스러워진다. 조용히 나가려면 의천검으로 철문을 쪼개는 것이 좋다.

그는 철문을 나가서 훈용강을 어떻게 할 것인지 이미 생각해 두었다.

전술과 호태곤에게 사용하려고 했던 세 가지 중에서 두 번째를 훈용강에게 쓸 생각이다.

진검룡은 의천검을 머리 위로 들어 올려 칠성 정도의 공력을 주입했다.

이어서 철문을 향해 벼락같이 그어 내렸다. 간명하고 절제된 동작이다.

쩌쩍!

새파란 검광이 번갯불처럼 번뜩이면서 흠뻑 물 먹인 헝겊을 벽에 때린 소리가 낮게 터졌다.

검이 철문과 부딪쳤는데도 요란한 소리가 나지 않는 것이 이상했다.

척!

언제 검을 휘둘렀는지 잘 보이지도 않았는데 의천검은 어느새 검실에 들어가 있었다.

그런데 철문 한복판에는 열십자[十]의 가느다란 선이 그어져 있을 뿐 아무런 변화도 없다.

진검룡은 철문 밖에 아무도 없음을 감지하고 손을 뻗어 철문의 복판을 가볍게 밀었다.

드그극.

그러자 듣기 거북한 소리가 나면서 열십자 부분이 바깥쪽으로 벌어지며 커다란 구멍이 생겼다.

대저 당금 무림에서 한 자루 검으로 세 치 두께의 철문을 종잇장처럼 쪼갤 수 있는 고수가 몇 명이나 되겠는가.

그렇다고 해서 의천검이 전설의 간장검(干將劍)이나 막사검(莫邪劍)처럼 절대명검도 아니다.

슥—

진검룡은 구멍을 통해서 밖으로 나왔다. 그가 감지한 대로 밖에는 아무도 없었다.

훈용강은 그를 밀폐된 지하 석실에 가둬놓고는 절대로 빠져나올 리가 없다고 생각했을 것이다. 그러므로 지킬 필요도 없다고 여겼을 터이다.

진검룡은 적룡전 이층 훈용강의 집무실 앞에 이르러서 들어가지 않고 멈춰 섰다.

안에서 훈용강 외에 다른 사람의 목소리가 흘러나오고 있었기 때문이다.

다른 목소리의 주인은 뜻밖에도 한매선 고선이다.

"연락을 받고 곧장 달려왔다. 자! 약속했던 은자 오십만 냥짜리 전표다. 어서 나를 그놈에게 안내해라."

문밖으로 흘러나오는 그녀의 목소리가 한껏 들떠 있다.

"그를 어떻게 할 생각이오?"

반면에 그렇게 묻는 또 한 사람의 가라앉은 목소리는 차분하다 못해서 착잡하게 들렸다. 그는 필경 적룡당주인 훈용강일 것이다.

그런데 그가 진검룡을 어떻게 할 것인지를 묻고 있다. 제압하거나 죽여서 고선에게 넘기면 그만이지 그를 어찌할 것인지를 왜 묻는 것인가.

"내가 그놈을 어떻게 하든 네가 간섭할 일이 아니다. 너는 은자 오십만 냥을 챙기면 그것으로 끝이 아니냐?"

훈용강은 아무 소리도 못하는 듯했다.

"분명히 내가 시킨 대로 했느냐? 그리고 내가 준 독을 놈에게 먹였느냐?"

"그렇소."

이제 보니까 진검룡을 지하 석실에 가두고 독을 사용하도록 한 것은 고선의 계략이었다.

진검룡은 훈용강의 목소리에서 그가 괴로워하고 있다는 느낌을 받았다.

수하를 그 지경으로 만들어서 외부인에게 돈을 받고 넘겼으므로 가책을 느끼는 것일 수도 있다.

"깔깔깔! 파혼단공산(破魂斷功散)에 중독됐으니 설사 그놈이 대라신선이라고 해도 지금쯤은 사경을 헤매고 있을 것이다! 어서 가자! 더 늦으면 놈이 죽어서 한 움큼의 혈수(血水)로 화할 것이다! 그놈을 살려서 내 종으로 만들어 개처럼 끌고 다녀야겠다!"

고선은 즐거워서 죽겠다는 듯 깔깔거렸다.

그러나 '파혼단공산'이라는 말을 듣고 진검룡은 슬쩍 미간을 찌푸렸다.

절독은 아니지만, 그 독이 무림에서도 금기시될 정도로 지독하다는 사실을 잘 알고 있기 때문이다.

"그 정도로 악독한 독이란 말이오?"

놀란 듯한 훈용강의 목소리가 들렸다.

"더 이상 꾸물거리면 훈용강 너마저도 온전하지 못할 줄 알아라."

"알았소."

움찔 놀라서 물었던 훈용강은 고선이 윽박지르자 입을 다문 듯했다.

진검룡은 더 듣지 않아도 될 듯하여 이윽고 문을 열고 안으로 들어갔다.

척!

집무실 안에는 두 사람만 있었다. 고선과 훈용강이다. 고선이 앞장서서 문 쪽으로 걸어오다가 진검룡을 발견하고는 그 자리에서 굳어버렸다.

"……!"

고선의 얼굴은 마치 귀신이라도 본 듯한 표정이다. 안으로 들어서고 있는 진검룡을 발견한 직후 늘씬한 몸을 후드득! 세차게 떨며 눈과 입을 크게 벌리고는 아무 소리도 하지 못했다.

그러더니 새파랗게 질린 얼굴로 훈용강을 보면서 물었다.

"어… 떻게 된 거냐?"

"누구냐?"

고선 뒤에서 따라 나오던 훈용강은 그녀보다 머리 하나 반은 더 큰 진검룡을 발견하고 눈살을 찌푸리며 물었다.

그로 미루어 그는 진검룡을 본 적도, 알지도 못하는 것이 분명했다.

"너……."

고선은 진검룡이 성큼 앞으로 다가드는 것을 보면서 그를 가리키며 간신히 한마디를 했다.

콱!

"끅!"

진검룡은 왼손을 뻗어 고선의 목을 움켜잡았다. 마치 그녀의 희고 가늘며 긴 목은 진검룡이 언제든지 움켜잡을 수 있는 손잡이인 듯했다.

휙!

쿠당창!

"악!"

이어서 진검룡이 왼쪽 벽으로 슬쩍 집어 던지자 그녀는 일 장 반이나 붕 날아가 벽에 부딪쳤다가 지푸라기처럼 바닥에 떨어졌다.

"이놈!"

창!

순간 훈용강이 메고 있던 도를 뽑는 것과 동시에 사납게 진 검룡에게로 돌진했다.

쐐애액!

그의 도가 곧장 진검룡의 왼쪽 어깨를 겨냥하고 그어 내렸 다. 창졸간의 일도(一刀)인데도 빠르거나 도에 실린 위력이 대단했다.

그가 진검룡의 머리를 노리지 않는 것으로 미루어 다짜고 짜 살수를 전개하는 독한 심성을 지니지는 않은 듯했다.

그러나 진검룡은 피하지 않고 오히려 훈용강을 향해 성큼

성큼 마주 걸어갔다.

이어서 그의 도를 피할 생각도 하지 않고 대뜸, 그러나 물이 흐르듯 부드럽게 오른발을 뻗었다.

훈용강은 그가 발을 뻗는 것을 보고는 순간적으로 어이없다는 생각이 들었다.

도를 휘두르고 있는데 발을 뻗다니, 바위를 계란으로 깨려는 망상인 것이다.

그러나 도가 진검룡의 어깨 위 한 자쯤에 쇄도하고 있을 때 그의 발끝이 훈용강의 복부를 내질렀다. 계란이 바위를 깬 것이다.

퍽!

"큭!"

훈용강은 짧은 외마디 신음을 터뜨리면서 뒤로 붕 날아가 자신의 당궤 넘어 의자를 부수면서 나뒹굴었다.

집무실에서 소란이 벌어져도 달려올 수하들이 없다. 진검룡이 여기까지 오면서 적룡전 안에 있는 무사들의 혈도를 모조리 제압해 놓았기 때문이다.

"끙……."

훈용강은 묵직한 신음을 흘리면서 벌떡 일어나더니 훌쩍 몸을 날려 한쪽 발끝으로 당궤를 밟고는 허공으로 솟구치며 곧장 진검룡에게 짓쳐 왔다.

만약 진검룡이 내공을 조금이라도 실어서 발길질을 했다

면 훈용강은 내장이 터져서 그 즉시 즉사했을 것이다. 사정을 봐줘서 단지 발길질만 했더니 그는 그것도 모르고 재차 공격해 오고 있었다.

천장을 등에 업고 허공에 떠 있는 훈용강은 두 손으로 잡은 붉은빛이 감도는 도를 맹렬히 그어 내리며 진검룡의 양쪽 어깨를 동시에 공격했다.

진검룡은 그것을 똑바로 주시하면서 피하지 않은 채 우뚝 서 있다.

훈용강은 그런 진검룡의 모습을 보고 그가 피하지 못해서가 아니라 자신의 공격을 대수롭지 않게 여기기 때문이라는 것을 깨달았다.

그리고 동시에 그가 자신보다 훨씬 고강한 인물이라는 사실을 더불어 깨달았다.

하지만 물러설 생각은 추호도 없다. 오히려 강한 인물을 보면 더 쓰러뜨리고 싶은 호승심이 맹렬하게 작용했다.

그래서 자신의 삼십 년 내공을 모조리 도에 주입했고, 두 손에 힘을 불끈 주어 가일층 속도를 빠르게 했다.

진검룡은 이미 훈용강을 어떻게 처리할 것인지를 생각해 두었기 때문에 두 번째 손속은 조금 더 맵게 할 생각이었다.

탓!

그는 피할 생각은 추호도 하지 않고 오히려 발끝으로 가볍게 바닥을 박차고 허공으로 솟구쳐 올랐다.

쐐애액!

슬쩍 상체를 비틀어서 새파란 도광을 뿌리며 그어오는 도를 대수롭지 않게 피한 그의 왼발 뒤꿈치가 허공을 갈랐다.

위잉!

발이 허공을 가르는 것이라고는 믿을 수 없을 정도의 묵직한 음향이 흘렀다.

뻐걱!

"끅!"

내공이 추호도 실리지 않은 진검룡의 발뒤꿈치는 훈용강의 턱에 고스란히 작렬했다.

그렇다고 해도 몽둥이에 정통으로 가격당한 것보다 몇 배의 위력이 실려 있었다.

훈용강은 허공중에서 빙글빙글 원을 그리며 날아가 맞은편 벽에 모질게 부딪쳤다.

쾅!

바닥에 떨어진 그는 혼절은 하지 않았으나 일어나지 못하고 몸을 푸들푸들 떨었다.

두 차례 당해본 결과 진검룡은 단지 그보다 고강한 정도가 아니라 서너 수 이상의 고수가 분명했다.

훈용강은 턱이 부서질 듯이 아프고 머릿속이 윙윙 울렸으며 온몸에 힘이 한 오라기도 남아 있지 않은 것을 느꼈다.

그는 뒷머리를 벽에 기댄 채 비스듬히 바닥에 누운 자세로 진검룡을 쳐다보았다.

"……!"

그 순간 그가 느낀 것은 거대한 위압감이었다. 상대가 거대한 철벽(鐵壁) 같다는 느낌이 들었다.

자신으로서는 무슨 수를 써도, 천 년의 세월이 흐른다고 해도 절대로 무너뜨릴 수 없는 철벽, 바로 그것이다.

그리고 태산처럼 서 있는 방갓을 쓴 진검룡의 모습을 보고 그제야 그가 누군지 깨달았다. 그의 모습에 대한 보고는 여러 차례 받은 적이 있었다.

'경… 혼조장!'

그 사실을 깨달은 훈용강은 얼굴색이 해쓱해져서 경악하는 표정으로 멍하니 그를 바라보았다.

깊숙이 눌러쓴 방갓 아래로 번갯불 같은 그의 눈빛을 접하고는 훈용강은 심장이 오그라드는 느낌을 받았다.

그것은 두려움이나 공포 같은 것이 아니다. 사람들이 신을 대하고 느끼는 경외심(敬畏心) 같은 것이었다.

그때 진검룡은 훈용강에게서 시선을 거두고 고선에게 천천히 걸어갔다.

"아아… 경… 혼조… 장님……. 살려… 주세요…… 잘… 못했어요……."

진검룡이 내던질 때 어딜 어떻게 다쳤는지 꼼짝도 하지 못한 채 쓰러져서 입과 코에서 피를 흘리고 있는 고선은 진검룡

이 자신을 향해 다가오는 것을 보고는 안색이 하얗다 못해서
퍼렇게 질려 온몸을 파들파들 떨어댔다.

진검룡은 그녀 앞에 우뚝 서서 굽어보며 나직이 중얼거렸다.

"내가 너에게 무엇을 잘못했느냐?"

고선은 쉴 새 없이 눈을 깜빡이다가 기어드는 목소리로 겨
우 대답했다.

"없… 어요…….."

"네가 나와 다른 사람들에게 잘못한 것이 무엇이냐?"

공포에 질렸던 고선의 얼굴이 여러 차례 복잡하게 변하더
니 참담하게 일그러졌다.

"말할… 수도 없이… 많아요…….."

용강이 쓰러져 있는 곳에서는 진검룡과 고선의 모습이 보
이지 않고 말소리만 들렸다.

"살인은 나쁜 짓이다."

"알… 아요."

"그러나 너를 죽여서 많은 사람들을 살릴 수 있다면, 그 살
인은 좋은 일이겠지."

"…….."

진검룡의 말에 고선의 얼굴이 흙빛으로 질려 버렸다.

"너는 지난번에 다시는 나를 찝쩍거리지 않는다고 약속했
었다. 잊었느냐?"

"…….."

오줌을 줄줄 싸면서 했던 약속을 어찌 고선이 잊었겠는가.

쿵!

"잊었느냐고 물었다."

"이, 잊지 않았어요!"

진검룡이 가볍게 발을 구르자 고선은 화들짝 놀라서 자지러질 듯이 대답했다.

콱!

"끅!"

진검룡은 더 이상 말하지 않고 왼손을 뻗어 고선의 목을 움켜잡고 일으켰다.

얼굴이 진검룡의 얼굴 높이, 그리고 두 발이 바닥에서 반자 이상 떠오른 고선의 얼굴은 피가 몰려서 금방이라도 터져 버릴 듯 새빨갛게 변했다.

"<u>끄으으……</u>."

대롱대롱 매달린 고선은 팔다리를 허우적거리다가 두 손 열 손가락으로 진검룡의 팔을 꼬집고 할퀴며 요동쳤으나 그는 끄떡도 하지 않았다.

그는 정말로 고선을 죽일 생각이었다. 한 번 기회를 줬는데도 불구하고 자신의 죄를 뉘우치지 않았을뿐더러 오히려 더욱 날뛰었기 때문이다.

그녀 하나만 죽이면 진검룡과 진원현의 현민들, 그리고 수많은 소수민족 사람들이 두 발 뻗고 마음 편안히 살아갈 수 있을 것이다.

손에 약간만 힘을 주면 고선의 목을 단번에 부러뜨려서 죽일 수가 있으나 진검룡은 그렇게 하지 않았다. 시신이나마 온전하게 보존해 주고 싶은 것이다.

훈용강은 엉금엉금 기어서 두 사람이 잘 보이는 곳으로 나왔다.

그가 제일 먼저 발견한 것은 허공 높이 대롱대롱 매달려 있는 고선이다.

그녀는 얼굴이 홍시처럼 새빨갛게 변해 입에서 꾸역꾸역 거품 같은 침을 토해내고 있었다.

그리고 그녀의 긴 치마 아래로 누런 물이 샘물처럼 흘러내리고 있었다.

훈용강은 그것이 오줌과 똥물이라는 것을 보는 즉시 알아차리고 움찔 놀랐다. 아름다운 미인이나 추한 꼽추라도 사람이라면 죽을 때 똥과 오줌을 싸게 마련이다. 그렇지 않다면 사람이 아니다.

그는 진검룡이 겁만 주려는 것이 아니라 정말로 고선을 죽이려 한다는 사실을 깨달았다.

그가 생각하기에 고선 같은 희대의 악녀는 죽어 마땅하다.

그리고 그런 악녀의 사주를 받아 수하를 죽이려고 했던 자신도 죽어야 할 악인이라고 생각했다.

"끄으… 윽… 끅……. 제… 발……."

고선은 발버둥을 멈춘 상태다. 숨이 끊어지기 직전인 것이다. 대신 그녀는 핏발이 곤두선 새빨간 눈으로 진검룡을 쳐다보려고 애쓰면서 알아듣기 어려운 말을 신음 속에 섞어서 뱉어냈다.

문득 진검룡은 손에서 힘을 풀었다. 고선의 눈에서 흘러내리는 눈물을 보았기 때문이다.

죽음 때문에 짜낸 액체가 아니라 스스로 흘려낸 눈물이라는 것을 그는 알아보았다.

고선의 눈에서 사라져 가던 눈동자가 다시 나타났다. 하지만 심하게 흔들렸다.

그녀는 입에서 침을 흘리면서 애절하게 진검룡을 바라보며 헐떡거렸다.

"하악! 하아…… 제발… 한 번만 더… 기회를 주세…요……."

훈용강이 듣기에도 그녀의 목소리는 너무도 간절했다. 그래서 진심에서 우러나는 말이라는 생각이 절로 들었다.

진검룡은 그녀의 목을 움켜잡은 팔을 쭉 뻗은 채 아무 말도 하지 않고 그녀를 지켜보기만 했다.

고선은 이제 그의 성격을 조금쯤은 알게 되었다. 이럴 때는 그의 말을 기다리지 말고 계속 말해야 된다는 것도.

"끄으으…… 하악… 학……. 시키는 대로 뭐든지… 하겠어요……. 한 번만 더… 기회를……."

훈용강이 듣기에도 그녀의 말은 너무도 간절했다. 사람이 죽지 않으려면 무슨 짓이라도 한다지만, 설마 한매선 고선이 모든 걸 다 내팽개치고 그럴 것이라고 생각하는 사람은 그리 많지 않을 것이다.

고선은 진검룡의 침묵이 자신에게 주어진 마지막 기회라고 생각했다.

사람은 죽으면 그것으로 끝이다. 누군가 복수를 해주든 말든 죽은 사람하고는 상관이 없다.

그러므로 죽기 전에 발악을 하든 애원을 하든 뭐든지 해야만 하는 것이다.

"당신의… 수하가 되겠어요……. 그래요… 저를… 경혼조원으로… 받아주세요… 경혼조원이 되겠어요……."

'한매선이 경혼조원이 된다고?'

훈용강은 너무 놀라서 자신이 지금 어떤 처지라는 것도 잊어버렸다.

털썩!

진검룡이 손을 놓자 고선은 그대로 바닥에 떨어지더니 스르르 늘어져 쓰러졌다.

슥―

"흐윽!"

그때 진검룡이 자신을 쳐다보자 훈용강은 반사적으로 다급하게 숨을 몰아쉬었다.

그는 진원분타에서도 자타가 인정하는 용사 중의 용사다. 당장 죽는다고 해도 성격과 뜻을 굽히지 않는다. 그런 그도 진검룡 앞에서는 본의 아니게 움츠러들고 있었다.

"돈이 필요했느냐?"

진검룡은 탁자 위에 놓여 있는 전표를 보며 중얼거렸다.

순간 훈용강은 얼굴이 확 달아올랐다. 쥐구멍이라도 있으면 들어가고 싶을 정도로 부끄러웠다.

그는 엎드린 자세에서 몸을 일으켜 책상다리를 하고 바닥에 앉았다.

하지만 아무 말도 하지 않았다. 원래 그는 변명 같은 것을 할 줄 모르는 위인이다.

진검룡처럼 굉장한 실력을 지닌 인물이 무엇 때문에 진원분타 같은 곳의 조장 노릇을 하고 있는 것인지, 그처럼 심지가 굳건하고 정의로운 인물이 어째서 이런 곳까지 흘러들어 왔는지 같은 문제는 지금 훈용강의 급선무가 아니다.

전후 사정이야 어찌 되었든 진검룡은 훈용강의 수하다. 그는 수하를 제압하는 대가로 거액의 돈을 받았다. 변명의 여지는 없다. 그것이 전부다.

그렇다고 진검룡에게 용서를 빌지도 않았다. 분명히 잘못을 했지만 누구에게도 용서를 빌어본 적이 없는 훈용강이다.

그저 고개만 깊이 숙이고 있을 뿐이다. 만약 진검룡이 그를 죽인다면 그마저도 달게 받아들일 각오다.

"그는······."

그때 겨우 정신을 차린 고선이 자신의 붉어진 목을 만지면서 입을 열었다.

"돈을 받아서 분타주에게 줄 생각을 했을 거예요."

그녀는 지금 하려는 고백으로 자신이 얼마나 뉘우치고 있는지를 조금 보여주려는 듯했다.

"분타주에게?"

진검룡으로서도 전혀 뜻밖의 말이다.

"진원분타는 곤명성에서의 오랜 싸움으로 재정이 많이 악화된 상태예요. 그래서 분타주는 여기저기에서 돈을 많이 빌렸어요. 저에게도 조금 빌렸고요."

"얼마나 빌렸지?"

"네?"

고선은 강무교에게 돈을 빌려준 것이 큰 잘못이라도 되는 듯 화들짝 놀랐다가 작은 소리로 대답했다.

"은자로··· 팔십만 냥 정도··· 될 거예요."

진원분타 정도의 규모라면 매월 지출이 적게 잡아도 은자 오만 냥 정도는 들 것이다.

조원들의 숙식은 물론이고, 녹봉을 줘야 하고 분타를 운영하는 경비도 만만치 않을 터이다.

게다가 지금은 싸움, 아니, 전쟁을 치르고 있다. 거기에 소요되는 비용은 순전히 진원분타의 몫이다.

그것까지 포함하면 매월 최소한 은자 이십만 냥 이상이 필요할 터이다.

지방의 분타들은 대부분 여러 가지 사업을 하면서 거기에서 나오는 수입으로 분타를 꾸려가고 있다.

진원분타에서도 필경 여러 사업들을 벌여놓고 있을 것이다. 그리고 거기에서 나오는 수입으로 분타를 꾸려 나가는 데 부족함이 없었을 것이다.

그러나 문제는 사황벌 징강지부와의 전쟁이다. 매월 은자 오만 냥이면 진원분타를 넉넉하게 꾸려 나갈 수 있었는데, 전쟁이 시작되면서 그보다 서너 배의 비용이 추가로 더 지출되었을 것이다.

모르긴 해도 아마 그때부터 진원분타의 재정 적자가 시작됐을 것이다.

전쟁이 몇 달 만에 끝났다면 다시 일상으로 돌아와서 그동안의 적자를 메우면 되지만, 전쟁이 길어지면 길어질수록 분타의 살림은 피폐해지고 악화된다.

아마도 지금 진원분타는 그런 상황인 듯하다.

강무교가 고선에게 은자 팔십만 냥을 빌렸다면 다른 곳에서 빌린 돈까지 합하면 엄청난 액수가 될 것이다.

그런데 훈용강은 수하를 팔아서 받은 돈을 빚더미에 앉아 있는 분타주 강무교에게 보내려 했다는 것이다.

만약 그 말이 사실이라면, 훈용강을 나무라기가 어렵다. 눈물겨운 충성심이기 때문이다.

쿵!

"요, 용서하시오."

그때 훈용강이 이마를 바닥에 세게 짓찧으며 진검룡에게 고개를 깊이 숙였다.

그의 그런 행동은 고선이 한 말을 인정하는 것이나 다름이 없다.

훈용강은 그 자세 그대로 움직이지 않았다. 마치 진검룡의 처분을 바라는 듯했다.

진검룡은 묵묵히 그를 굽어보다가 걸음을 옮겨 문으로 걸어가며 중얼거렸다.

"수하에게 고개를 숙이는 상전은 없소."

훈용강은 움찔하며 고개를 들었다.

탁!

진검룡이 나가고 문이 닫혔다.

훈용강은 다시 고개를 숙이고 짓이기는 듯한 소리를 짜내듯이 흘려냈다.

"크흑……."

용사 훈용강의 눈물이다.

第三十一章
묘족 공주의 슬픔

大中原

경혼조원 아홉 명의 박투술 최후의 승자는 진검룡이 예상했던 사람이었다.

그 승자는 도합 일곱 차례의 박투술에서 모두 승리했다. 그는 쓰러져 있는 여덟 명 사이에 혼자 서 있었다.

그는, 아니, 그녀는 바로 낭랑이었다.

*　　　*　　　*

살수는 표적이 혼자 있을 때를 노린다.

표적이 다른 사람들과 함께 있을 때 살행을 시도하는 미친 살수는 없다.

그런데 단명삼살이 노리고 있는 표적은 혼자 다니는 경우가 절대로 없다.

부조장과 주루 주인집 아들, 그리고 묘족 공주를 늘 데리고 다닌다.

그래서 단명삼살은 표적이 움직일 때는 살행을 결행할 수가 없는 상황이었다.

그렇다면 표적을 암살할 수 있는 유일한 때는 표적이 잠을 자는 시각인데, 그것은 단명삼살의 첫째 잔살이 한사코 반대하고 있었다.

그 이유를 둘째 도살과 막내 소살은 모른다. 잔살이 말해주지 않기 때문이다.

그렇게 특급 살수 단명삼살은 운남성 벽촌에서 세월만 잡아먹고 있는 중이었다.

*   *   *

집에 돌아온 진검룡과 무악, 주소영, 미미는 집에서 벌어지고 있는 일 때문에 놀랐다.

그리고 옥청은 진검룡을 제외한 세 사람의 만신창이 몰골을 보고 크게 놀랐다.

일곱 차례 박투술의 결과는 실로 처참했다.

무악과 미미는 애당초 싸움을 못하기 때문에 한차례 박투술이 시작되면 한두 대 얻어터지고는 그대로 뻗어버렸던 터라서 몰골이 그나마 나은 편이었다.

하지만 경혼조 최고의 독종인 소나찰 주소영은 어떻게든 최후의 승자가 되기 위해 사력을 다해서 싸운 탓에 승자는 되지 못하고 꼴이 말이 아니다.

그녀는 온몸 어디 한 군데 성한 곳이 없었다. 머리는 깨져서 피가 철철 흘렀고, 얼굴은 짓밟아놓은 만두처럼 변했다.

두 눈이 부어올라 아예 눈이 보이지 않았으며, 뺨과 턱은 주먹 하나 정도는 부었고, 입술은 찢어지고 터져서 말이 샐 정도였다.

얼굴이 그 지경인데 몸은 말해서 무엇 하랴. 뼈가 부러진 곳은 없으나 결리고 쑤시지 않은 곳이 없다.

일곱 차례의 매번 초반에 얻어맞고 쓰러졌던 무악과 미미도 눈이 붓고 입술이 터진데다 절룩거리는 모습이다.

그런데도 얼굴에는 해맑은 웃음이 가득 떠올라 있었다. 일곱 차례 박투술을 치르는 과정에서 많은 것을 배웠으며, 끝나고 나서는 싸움에 대한 두려움이 사라지고 대신 평생 처음 맛보는 자신감이 생겼기 때문이다.

박투술을 통해서 무엇인가 배우고 얻은 사람은 무악과 미미뿐만이 아니었다. 다른 일곱 명도 나름대로 많은 것들을 배우고 얻었다.

"아유… 악아, 미미야, 어쩌다가…….."

옥청은 양팔로 무악과 미미를 끌어안고 안쓰러워서 어쩔 줄을 몰라 했다.

그러자 무악이 싱글벙글 웃으면서 말했다.

"어머니, 사부님 저녁 식사 드려야죠."

"어머? 내 정신 좀 봐."

그 말에 옥청은 둔부에서 비파 소리가 나도록 쏜살같이 주방으로 달려들어 갔다.

그녀는 아들이 다친 것보다 진검룡의 식사를 더 급선무로 생각하는 여자로 변해 있었다.

분타에서 퇴근하는 시각인 유시(저녁 6시)는 주루가 한창 바쁘기 때문에 진검룡 등은 골목 안 옆문을 통해서 집으로 들어오곤 한다.

그런데 별채 뒤쪽에 불을 대낮처럼 밝혀놓고 뭔가 뚝딱거리는 소리가 나고 소란스러웠다.

진검룡 등이 가보니 대여섯 명의 인부들이 집을 짓느라 한창 공사 중이었다.

아침에 집을 나갈 때까지만 해도 별채 뒤에는 아무것도 없는 아담한 공터였는데, 한나절 사이에 제법 집의 뼈대가 세워져 있는 것이다.

"사부님! 어머니께서 별채 뒤에 저희들이 사용할 수련장을 지어주신대요!"

"꺄아아! 사부님, 수련장이래요! 수련장!"

잠시 후에 무악과 미미가 주방에서 별채로 밥과 요리가 담긴 쟁반을 들고 들어오면서 난리법석을 떨었다.

무악과 미미는 별채에 들여놓은 탁자에 쟁반을 내려놓지도 않고 서로 먼저 떠들어댔다.

"사부님께서 저희들에게 무공을 가르쳐 주실 수련장이랍니다! 하하하! 수련장 말입니다!"

"아하하하! 이젠 비가 와도 눈이 와도 걱정없어요! 사부님, 미미는 너무 좋아요!"

진검룡은 빙그레 미소를 지었고, 그 옆에 앉아 있는 퉁퉁부은 주소영도 꽤나 들뜬 표정이다.

무악이 신이 나서 덧붙였다.

"수련장에 자그마한 방 두 개를 들인다고 하셨으니까 이제 거기에서 사저와 미미가 자도 될 거예요! 하하! 정말 잘됐죠, 사저?"

"응. 으… 응."

아침나절에는 진검룡이 은자 오백 냥을 들여서 연검을 만들어준다고 하여 주소영을 감동시키더니, 저녁에는 옥청이 수련장과 방을 만들어준다며 또다시 그녀의 코끝을 시큰하게 만들었다.

주소영은 자신이 지난 십구 년 동안 견지해 온 신념과 생활방식이 요즘 들어서 송두리째 변화하고 있었지만 그대로 내

버려 두었다.

너무도 좋은 방향으로 변화하고 있기 때문이다. 다만 그녀가 감당하기 벅차다는 문제가 있을 뿐이었다.

식사가 끝난 후에 진검룡은 별채 앞의 마당에서 뭔가를 만들었다.

무악에게 야방에 가서 납작하고 길쭉한 쇠붙이 몇 개를 사오라고 시킨 후에 사람 키 정도 크기의 통나무 하나를 저만치 구석에 떨어져 있는 주소영의 쌍도 중 한 자루를 집어들고는 깎고 다듬었다.

잠시 후에 통나무가 얼추 사람의 모습을 닮자 이어서 통나무 곳곳에 큰 것과 중간 것과 작은 것의 구멍 백여 개를 얕게 파냈다.

그 구멍들은 사람의 혈도인데, 큰 구멍은 중요 사혈, 중간 것은 대혈(大穴), 작은 것은 그 밖의 각 혈도들이다.

그는 완성된 통나무, 아니, 목인(木人)을 마당 한쪽에 땅을 파고 튼튼하게 박아 세웠다.

그리고는 통나무 두 개를 더 가져와서 처음 것하고 똑같이 만들어서 각각 다른 두 곳에 세웠다.

주소영과 미미는 얼굴 가득 신기하다는 표정을 짓고는 진검룡을 졸졸 따라다니면서 지켜보았다.

진검룡은 주소영과 미미를 하나의 목인 앞으로 불러서 각 혈도에 대해서 설명을 시작했다.

즉, 중요 사혈과 대혈, 그 밖의 혈도들을 누르거나 때리고 찌르면 어떤 효과와 결과가 나타나는지에 대해서 자세히 서너 차례 반복해서 설명해 주었다.

"헤에… 정말 그런가요?"

설명을 듣고 난 미미는 눈을 동그랗게 뜨고 놀라면서도 신기하다는 표정을 지었다.

그러자 진검룡은 미미의 팔꿈치와 어깨의 혈도 두 군데를 가볍게 건드렸다.

"아……."

마혈이 제압되어 꼼짝도 하지 못하게 된 미미는 눈을 휘둥그렇게 뜨고 놀랐다.

"사, 사부님! 손가락 하나조차도 움직일 수가 없어요! 제가 어떻게 된 거죠?"

"왜 그런지 생각해 보아라."

미미는 물론 주소영도 까만 눈동자를 또록또록 굴리면서 골똘히 생각에 잠겼다.

"마, 마혈이군요! 그렇죠?"

그런데 뜻밖에도 주소영이 먼저 깜짝 놀랄 만큼 큰 소리로 외쳤다.

"그래요! 마혈이에요! 사부님이 제 마혈을 짚으신 거죠?"

거의 동시에 미미도 통나무처럼 뻣뻣한 몸으로 소리쳤다.

"그렇다! 마혈이다."

"아아… 정말 신기해요. 몸의 몇 군데를 가볍게 눌렀을 뿐인데 움직일 수가 없다니……."

"세상에……. 이런 놀라운 기술이 있다는 게 믿어지지 않아요."

두 여자아이는 마치 신의 세계에 발을 들여놓은 어린아이처럼 눈을 빛내면서 감탄을 연발했다.

진검룡은 잠시 묵묵히 주소영과 미미를 굽어보았다.

그가 한동안 말없이 지켜보기만 하자 두 여자아이는 긴장하기 시작했다.

"사부님, 왜 그러세요?"

마침내 미미가 참지 못하고 물었다.

진검룡은 고개를 끄덕였다.

"앞으로 수련하는 과정이 매우 고될 텐데 너희가 이겨낼 수 있을지 걱정되는구나."

그러자 주소영과 미미의 표정이 각기 달라졌다. 주소영은 다부진 각오를 하는 반면, 미미는 겁먹은 표정이다.

이런 상황에서도 두 사람의 성격의 단면이 여실히 드러나고 있었다. 주소영은 잡초 같은 강인함, 미미는 온실에서 자란 예쁜 화초 같은 연약함이다. 그래서 진검룡이 실제로 염려하는 것은 미미다.

그러나 그는 두 여자아이에게 제대로 가르쳐 보기로 결정을 내렸다.

만약 그녀들이 중도에 힘들다고 포기한다면 만류하지 않을 생각이다.

강제로 억압해서 무공을 성취하게 할 만큼 중대한 목표가 있는 것이 아니기 때문이다.

그는 별채 뒤 수련장을 짓는 공사장에 가서 진흙을 커다란 대야로 가득 얻어 와서 물을 부었다.

"미미는 주먹 크기의 둥근 진흙덩이를 정확하게 열 개 만든 후에 목인의 혈도 백 개를 한 차례씩 손가락으로 낚아채는 수련을 한다. 이후 다시 반복한다."

"네!"

어린아이 장난 같은 수련에 미미는 신나서 소매를 둥둥 걷어붙이고 진흙이 담긴 대야 앞에 쪼그리고 앉았다.

이어서 진검룡은 한 자 길이로 둘둘 만 저마포(모시)에 물을 흠뻑 적셔서 주소영에게 내밀었다.

"너는 이것으로 목인의 혈도를 순서대로 가격해라."

"네."

주소영은 진검룡에게서 저마포를 받아 쥐며 자못 씩씩하게 대답했다.

진검룡은 한쪽으로 물러나 두 여자아이가 하는 것을 지켜보기로 했다.

반 시진 후.

"시범을 보여주세요."

주소영이 볼이 잔뜩 부어오른 얼굴로 진검룡에게 저마포를 내밀었다.

"빳빳한 것은 고사하고 당최 일자가 되질 않으니 이걸로 어떻게 목인을 칠 수 있겠어요?"

그녀는 진검룡이 하라고 시켰을 때에는 충분히 가능하기에 시켰을 것이라고 믿었다.

하지만 반 시진 동안 자신이 할 수 있는 모든 방법을 다 동원해 봤으나 물 묻은 저마포로는 절대로 목인을 때릴 수 없다는 사실만 확인했을 뿐이다.

원래 저마포는 강직도(強直度)가 전혀 없어서 아주 미약한 산들바람만 불어도 멋대로 흔들린다.

그것을 둘둘 말았다고 해도 그 상태에서 조금 나아질 뿐 여전히 강직도는 없었다.

그래서 거기에 물을 흠뻑 묻힌 것이다. 그렇게 하면 그냥 저마포일 때보다 열 배 이상 강직도가 생기기 때문이다. 그런데도 주소영에겐 그게 힘겨웠나 보다.

"잘 보아라."

진검룡은 무악이 야방에서 사 온 납작한 쇠붙이들을 그의 사지에 묶어주다가 저마포를 쥐고 일어나 천천히 목인으로 다가갔다.

주소영은 잔뜩 호기심 어린 표정으로 진검룡의 뒤를 따랐
고, 무악과 미미도 하던 일을 멈추고 모였다.

미미는 반 시진 동안 여덟 개의 진흙덩이를 빚어놓고는 힘
이 들어서 비 오듯 땀을 흘렸다.

또한 땀을 닦느라 얼굴을 문질렀는지 얼굴이 온통 진흙투
성이였다. 그런데도 힘들어하지 않고 재미있다면서 눈을 반
짝거렸다.

진검룡이 진흙덩이 열 개를 만들고 목인의 혈도 백 개를 한
차례씩 손가락으로 낚아채는 수련을 하라고 했는데, 미미는
아직 목인을 만져 보지도 못한 상태다.

진검룡은 주소영의 목인 앞에 우뚝 서서 저마포를 오른손
에 쥐고 최대한 동작을 천천히 하면서 시범을 보였다.

휘이—

탁!

저마포의 끝이 목인의 왼쪽 어깨에 있는 중요 사혈 견정
혈(肩井穴)을 정확하게 가격했다.

'아!'

순간 주소영의 눈이 반짝 빛났다. 그녀는 저마포가 견정혈
에 적중되는 것보다는, 저마포가 어떻게 해서 움직일 수 있는
지에 관심이 더 많았다. 저마포를 움직여야지만 혈도를 가격
할 수 있기 때문이다.

그런데 진검룡이 저마포를 움직이는 방법은 그녀가 해본

여러 가지 방법하고는 판이하게 달랐다.

그녀는 어떻게 하면 저마포를 막대기처럼 딱딱하게 만들 수 있을까만을 고민했었다.

그런데 진검룡은 그런 식이 아니다. 그저 가볍게 저마포를 휘두르는데 저마포의 끝이 정확하게 목표로 삼은 견정혈에 가격됐다.

그러나 그의 동작은 주소영이 생각했던 것하고 다른 부분이 하나 있었다.

그는 저마포를 딱딱하게 만들려고 노력하지 않았다. 단지 휘두를 뿐이다.

그가 휘두르는 저마포는 딱딱하게 한일자(一)가 되지 않는다. 반월(半月)처럼 휘어진다.

그것은 마치 채찍 같았다. 채찍이 긴 것이라면, 진검룡이 휘두르는 저마포는 짧은 채찍이라고 할 수 있었다.

휘익!

딱!

진검룡이 두 번째로 저마포를 휘둘러 이번에는 목인의 왼쪽 가슴 윗부분의 중요 사혈인 중부혈(中府穴)을 적중시키는 것을 뚫어지게 지켜본 주소영은 자신의 관찰을 확신했다.

'채찍이다!'

그것을 확인하기 위해서 그녀는 몇 차례 더 진검룡의 동작을 날카롭게 주시했다.

그녀가 돈 이외의 무엇인가에 이토록 깊고도 강렬하게 집중해 보기는 난생처음이었다.

아니, 무술을 배우는 것은 돈하고는 차원이 다르다. 이것은 무척 재미있기도 하다.

그녀가 저마포를 채찍처럼 사용한다는 원리(原理) 다음에 깨달은 것은 빨라야 한다는 사실이다. 그다음에는 정확하게 혈도에 적중시켜야 한다. 이 세 가지만 익히면 성공할 수 있을 것이라고 판단했다.

"알겠느냐?"

진검룡은 아무 말도 하지 않고 정확하게 열 번 저마포를 휘두른 후에 동작을 멈추고 주소영에게 물었다.

"조금요."

이어서 그녀는 저마포를 건네받아 목인 앞에서 자세를 잡고 저마포를 움켜잡았다.

'이것을 자유자재로 사용할 수 있어야지만 연검을 제대로 쓸 수 있게 된다!'

그녀는 입술을 깨물고 목인의 오른쪽 어깨 견정혈을 쏘아보고 나서 힘차게 저마포를 휘둘렀다.

진검룡은 그녀의 동작이 아까하고는 사뭇 달라진 것을 보고 그녀가 저마포를 휘두르는 원리를 깨달았다는 생각에 엷은 미소를 지었다.

사실 진검룡 정도면 저마포가 아니라 그보다 훨씬 얇은 종잇장으로도 내공을 주입시키지 않은 상태에서 목인의 원하는 혈도를 정확하게 가격할 수 있으며, 목인 정도는 단번에 격파할 수도 있다.

하지만 그는 일부러 동작을 완만히, 그리고 천천히 해서 주소영이 깨우치도록 유도했던 것이다.

진검룡은 조금 전에 하던 일, 즉 무악의 팔다리에 납작한 쇠붙이를 부착하는 일을 마저 마무리했다.

완성된 무악의 모습은 우스꽝스러웠다. 팔뚝과 팔꿈치 위쪽, 그리고 어깨에 각각 하나씩 세 개, 양쪽 팔에 도합 여섯 개의 쇠붙이를 부착했다.

그리고 다리에는 발등에 하나, 발목, 정강이, 허벅지에 하나씩 네 개, 양쪽 여덟 개를 부착했다. 그러니까 양쪽 팔다리에 부착한 쇠붙이는 모두 열네 개다.

쇠붙이 하나의 무게가 세 근(1.8kg)이니까 열네 개를 합치면 자그마치 사십이 근(25.2kg)이다.

무악의 체중이 팔십칠 근(52.2kg)이니까 자기 체중의 절반이 조금 넘은 쇠붙이를 몸에 부착한 것이다.

그가 진원현 근처의 마을로 술 심부름을 갈 때 지게에 지고 오는 술의 무게가 삼십 근(18kg) 정도니까 그보다도 훨씬 무거운 것이다.

"잘 봐라."

진검룡은 무악의 목인 앞에 섰다.

"목인의 오른쪽 발 정강이의 중도혈(中都穴)을 오른 주먹, 왼 주먹, 오른발, 왼발의 순서로 한 번씩 격타하는 것을 시작으로 점차 위로 올라가면서 전체를 마치면 일회(一回)다."

휘익!

그는 아주 천천히 동작을 취해서 오른 주먹과 왼 주먹으로 목인의 오른쪽 정강이 중도혈을 정권치기로 가격하고, 이어서 오른발과 왼발 발끝으로 가볍게 걸어찼다.

"잘 알겠습니다!"

무악은 씩씩하게 대답하고 목인 앞으로 썩 나서 자세를 잡았다.

목인의 정강이를 주먹으로 치기 위해서는 허리를 깊이 굽혀야만 한다.

그는 목인의 중도혈을 뚫어지게 주시하며 허리를 굽히면서 오른 주먹을 들어 올렸다.

"어어……."

쿵!

"어이쿠!"

그러나 한 번도 주먹을 휘둘러 보지도 못한 채 쇠붙이의 무게를 이기지 못하고 앞으로 엎어지며 이마를 목인에 들이받고는 땅에 쓰러지고 말았다.

진검룡은 그것을 보고는 돌아섰다. 그가 해줄 수 있는 것은 거기까지다.

지금 무악에게 부족한 것은 근력(筋力)이다. 그것은 스스로 키우는 것이지 도와줄 수 있는 것이 아니었다.

"얏!"

탁!

"어맛?"

그때 미미 쪽에서 여러 가지 소리가 연이어 터져 나왔다.

겨우 진흙덩이 열 개를 만들고는 일어나서 손가락을 오므려 매의 발톱처럼 만들어 혈도를 움켜잡고 나서는 균형을 잃고 쓰러진 것이다.

진검룡은 미미를 일으키고는 자상하게 옷을 털어주고 한쪽 무릎을 꿇어 그녀와 키 높이를 맞춘 후 조용히 말했다.

"미미야, 내가 무엇 때문에 진흙덩이를 만들라고 했는지 알겠느냐?"

미미는 울상을 지으면서 입술을 삐죽이며 대답했다.

"손아귀의 힘, 즉 악력(握力)을 키우기 위해서죠?"

"그렇다. 하지만 이것은 시작에 불과하다. 앞으로는 이보다 몇 배 더 어려운 난관이 기다리고 있단다."

"……."

미미는 두렵기도 하고 배우고 싶기도 한 복잡한 표정을 눈동자에 담아서 똘망똘망하게 진검룡을 바라보았다. '사부님, 이것보다 쉬운 방법은 없나요?'라고 묻는 것 같았다.

"너는 무엇 때문에 무공을 배우려고 하느냐?"

주소영이나 무악에게는 하지 않았던 질문이다.

그의 물음에 갑자기 미미는 슬프고도 암울한 표정이 되어 입술을 깨물었다.

"우리 묘족은 오래전에 중원에서 크고 강한 나라를 이루고 살았었는데 한인들에게 쫓겨서 이곳 남쪽으로 도망쳐 와서 뿔뿔이 흩어진 상태로 지금처럼 살고 있다고 해요."

주소영과 무악은 잠시 수련을 멈추고 미미를 바라보았다.

미미의 표정이 더욱 슬퍼졌다.

"나라를 잃은 것도 서러운데… 이곳에서도 평화롭게 살지 못하고 툭하면 여기저기에 채이고 괴롭힘을 당하면서… 여전히 한인들의 눈치를 보면서 살고 있어요."

진검룡은 익히 알고 있는 묘족의 역사지만, 주소영과 무악으로서는 처음 알게 되는 사실이다.

어느새 미미의 두 눈에 눈물이 가득 고였다.

"저는 언젠가는 전체 묘족의 대족장 고추가가 될 거예요. 그러나 지금처럼 허약한 묘족을 이끌기는 싫어요. 저는 묘족을 강하게 키우고 싶어요. 한족처럼 군대도 만들어서 스스로를 지키고 싶어요."

너무나도 당연한, 그러나 당돌한 소망이다. 만약 한족이 묘족 같은 서러움과 핍박을 당했더라면 벌써 불처럼 들고일어나 나라를 세우고도 남았을 터이다.

"저는… 사부님께 무공을 배워서 묘족들에게 그것을 가르쳐 주고 싶어요."

그녀는 큰 죄라도 지은 듯이 눈물을 흘리면서 진검룡을 바라보았다.

사실 그런 말은 하지 않아도 되지만, 그녀는 천성적으로 거짓말을 할 줄 모른다.

"죄송해요, 사부님. 이런 사실은 아버님도 몰라요. 하지만 저는 그런 마음을 품고 사부님의 제자가 되려고 했어요. 용서하세요… 흑흑……."

무악과 주소영은 마음에 큰 동요를 느낀 듯한 표정으로 미미를 바라보았다.

무악은 그저 진검룡이 좋아서 무작정 제자가 되려고 했고, 주소영은 무공을 배워서 단지 큰돈을 벌고 싶어서 그의 제자가 되었다.

그러나 미미는 다르다. 자기 자신을 위해서가 아니라 자신이 속한 족속의 앞날을 염려하기 때문에 그것을 타개하려고 진검룡의 제자가 된 것이다.

무악이나 주소영에 비하면 미미의 염원은 너무도 거룩하다. 그리고 간절하다.

미미의 말이 맞다. 소수민족들은 모두 선하지만 특히 묘족은 티없이 맑은 족속이다. 그래서 한인들에게 더 많이 핍박을 받는 것이다.

선한 사람은 복을 받아야 하는 법이지만, 반대로 묘족은 선하기 때문에 핍박을 받는다는 모순이 대대로 악순환되고 있는 것이다.

미미는 소리를 내지는 않았지만 샘솟듯이 눈물을 펑펑 흘리고 있었다. 모든 것을 털어놓고 진검룡의 처분만 기다리고 있는 것이다.

진검룡도 한인이다. 그러므로 묘족이 한인들을 적으로 삼을 수도 있는 계획에 반대하는 것이 당연하다고 미미는 생각하고 있었다.

잠시 침묵을 지키던 진검룡이 조용히 물었다.

"옛날 묘족의 나라는 어떤 나라였느냐?"

진검룡이 그렇게 물어볼 줄 전혀 예상하지 못했던 미미는 깜짝 놀라서 고개를 들고 두 눈에 가득 고인 눈물 너머로 그를 바라보았다.

"저희 묘족은… 아주 오랜 옛날에… 동방(東方)에서 살았다고 해요."

"동방 어디?"

호기심이 발동한 무악이 뒤뚱거리면서 다가오며 물었다.

철그렁! 철그렁!

그가 움직이자 팔다리에 부착한 쇠붙이들이 서로 부딪치면서 요란한 소리를 냈다.

묻기는 무악이 물었으나 미미는 진검룡을 바라보며 여전

히 눈물을 흘리면서, 그러나 반짝이는 눈빛으로 말했다.

"우리 묘족의 선조들이 살던 나라는 지금의 북경성(北京城)을 포함한 북쪽과 동북쪽이라고 해요. 그 나라는 환인(桓因)께서 세우신 환국(桓國)이라고 하는데, 환국은 동서가 십오만 리에 달하고 남북이 이십만 리의 거대한 대국(大國)이라고 했어요."

"화, 환국이 묘족의 선조들 나라라고?"

무악이 깜짝 놀라서 참견을 했다.

"환인은 천제(天帝)라고도 불리는 신이었어. 그의 아들 환웅(桓雄)이 환인으로부터 천부인(天符印) 세 개의 신물을 받아서 지상에 내려와 세운 나라가 단군조선(檀君朝鮮) 혹은 배달국(倍達國)이라고도 한다고 알고 있어."

미미는 깜짝 놀라더니 기쁜 얼굴로 무악의 두 손을 와락 잡았다.

"꺄악! 네가 그걸 어떻게 알아? 그게 바로 우리 묘족의 선조들의 나라였어!"

"단군조선이나 배달국이 묘족하고 관계가 있다는 것은 몰랐어. 단지 이 땅에 한족이 나라를 세우기 전에 그런 나라가 존재했었다고 배운 거지."

미미는 더 이상 울지 않았다. 그 대신 그녀의 얼굴에서는 환한 빛이 났으며 목소리에는 힘이 넘쳤다.

"환웅천황(桓雄天皇)께서 개국하신 배달국의 제십사대 천황이 바로 치우천황(蚩尤天皇)이신데, 지금으로부터 사천여 년 전에 치우천황께서 장강 유역으로 남하하셔서 그곳에 나라를 세우셨으며, 그 나라가 바로 구려국(句麗國)이야. 호북성과 호남성, 강서성, 안휘성, 절강성, 귀주성 일대가 전부 구려국의 강토였지."

무악은 고개를 끄덕였다.

"그건 알고 있어. 오랜 옛날에 한족은 서북 변방인 감숙성(甘肅省) 일대에서 원시 생활을 하고 있었으며, 반면에 구려국은 그 당시에 이미 구리와 철 등을 생산, 주조해서 여러 방면으로 사용하는 등 문명이 매우 발달했고, 군대도 매우 강하다고 고서에서 읽은 적이 있어."

미미는 무악이 묘족의 선조에 대해서 너무 잘 알자 그가 남처럼 보이지 않는 듯했다.

"치우천황께선 전쟁의 신이셨어. 그래서 끊임없이 전쟁을 일으켜서 대륙 거의 전체를 지배하셨지. 또한 한족에게도 구리와 철을 생산하고 제조하는 법 등 여러 가지 문물을 가르치셨어."

"응. 하지만 결국 그것 때문에 치우천황이 죽고 천 년쯤 지난 후에 한족들이 구려국을 점령하고 구려국 백성들은 대륙의 남쪽으로 뿔뿔이 흩어졌었지. 그런데 그들이 바로 묘족이었을 줄이야……."

무악은 눈을 빛내며 미미에게 물었다.

"그럼 묘족이 매년 제사를 성대하게 지내는 선조가 바로 치우천황이야?"

미미는 힘껏 고개를 끄덕였다.

"물론이야. 치우천황께선 우리 묘족의 위대한 선조이신 걸?"

"하긴… 사마천(司馬遷)의 사기(史記)를 보면, 옛날 항우와 유방이 전투를 하기 전에는 꼭 전쟁의 신 치우천황에게 제사를 지냈다고 하더군. 그러면 그 전투에서 반드시 승리했었다고 기록되어 있어."

"헤헤! 치우천황은 위대한 신이시니까."

거기에서 대화가 잠시 중단됐다. 그리고 미미는 빠르게 현실로 돌아왔다.

그녀는 아까처럼 펑펑 울지는 않았지만 간절한 표정으로 진검룡을 바라보았다.

"사부님, 소녀의 바람이 틀린 건가요?"

"틀렸다."

진검룡이 조용히 말하자 미미는 고개를 푹 숙였다. 그럴 줄 알았다는 뜻이다. 왜냐하면 진검룡도 한인이니까.

"미미 너의 소망은 너무 작다."

"……."

진검룡의 말에 미미는 의아한 표정으로 고개를 들고 그를 바라보았다.

그는 손을 뻗어 미미의 머리를 부드럽게 쓰다듬었다.

"네가 묘족의 고추가가 되면 흩어져 있는 묘족을 모두 모아서 묘족의 나라를 세워야 하느니라, 그 옛날 치우천황의 구려국 같은 강국(强國)을."

"아… 사부님……."

미미는 가늘게 교구를 떨며 또다시 눈물을 흘렸다. 지금 흘리는 눈물은 조금 전하고는 다른 의미의 눈물이다.

"으흑흑! 사부님……."

그녀는 진검룡의 품속으로 뛰어들며 기쁨의 울음을 터뜨렸다. 지금 이 순간 그녀는 이미 묘족의 나라 구려국을 세운 것 같은 기쁨을 만끽하고 있었다.

그러나 그보다도 진검룡이 자신의 뜻과 마음을 받아줬다는 사실이 무엇보다도 기뻤다.

진검룡은 미미를 품에 안고 부드럽게 등을 토닥거렸다.

"장차 초대 구려국의 여왕이 될 사람이 이렇게 울보라면 안 되겠지?"

"네……."

미미는 애써 울음을 참으며 조그맣고 하얀 주먹으로 눈물을 닦았다.

"자, 수련을 계속해라."

진검룡은 일어나면서 세 제자를 독려했다.

주소영은 눈을 깜빡이며 진검룡을 말끄러미 바라보았다.

그녀의 눈에는 존경과 흠모의 빛이 역력하게 떠올라 있었다.

　그녀는 진검룡이 자신이 지금껏 알고 있던 것보다 훨씬 더 훌륭한 사람이라는 사실을 방금 깨달았다.

第三十二章
낭랑의 과거지사

大中原

"이리 오너라."

별채 마루 입구 쪽에 걸터앉은 진검룡이 세 제자의 수련하는 광경을 지켜보면서 나직이 중얼거렸다.

세 제자는 수련에 열중하고 있어서 그의 말을 듣지 못했으나 다른 한 사람은 들었다.

별채 모퉁이에 숨어서 세 제자가 수련하는 과정을 처음부터 훔쳐보고 있던 낭랑이다.

"헤헤… 알고 있었어?"

낭랑은 혀를 낼름 내밀고는 어색하게 웃으면서 진검룡에게 다가왔다.

일곱 차례 박투술의 최후 승자가 된 그녀의 몰골도 주소영과 크게 다르지 않았다. 그녀가 웃자 오만상을 찡그리는 모습이 되었다.

낭랑은 진검룡이 말하기를 기다리지 않았다. 세 제자와 더불어 그에 대해서 가장 많이 알고 있는 그녀는 그가 묻거나 지시하기 전에 알아서 행동했다.

낭랑의 등에는 그동안 보지 못했던 붉은색의 비파가 매달려 있었다. 은자 이백 낭이라는 거금이 생긴 터라 새 비파를 하나 장만한 것이다.

그녀는 비죽거리며 다가와 진검룡 옆에 앉아서 한동안 물끄러미 세 제자가 수련하는 광경을 지켜보기만 했다.

진검룡은 아무 말도 하지 않았다. 하지만 낭랑은 자신이 어째서 세 제자의 수련하는 광경을 훔쳐보고 있었는지를 설명해야만 한다.

이런 식의 침묵은 그녀 자신이 견디기가 어렵다. 또한 진검룡이 침묵으로 그것을 묻고 있다는 사실을 알고 있기 때문에 가만히 있을 수가 없었다.

"그냥 궁금해서 봤어."

거짓말이다. 그녀 자신이 생각해도 어설픈 거짓말인데 깐깐하기 짝이 없는 진검룡이 모를 리 없다.

더구나 퇴근 이후에는 언제나 술독에 빠져 있는 그녀가 술도 마시지 않은 상태에서 세 제자의 수련하는 광경을 '그냥 봤다' 라는 것은 어불성설이다.

"나도 배우고 싶어, 무술."

그래서 그녀는 솔직하게 털어놨다. 진검룡에게는 대충이라는 것이 통하지 않는다.

낭랑이 힐끗 쳐다보자 진검룡은 세 제자가 수련하는 광경을 묵묵히 지켜보기만 할 뿐이다.

"검술 가르쳐 줘."

낭랑은 단도직입적으로 말했다. 마치 한 냥만 빌려줘, 라고 말하는 것처럼 대수롭지 않게 요구했다. 그녀는 '진지함' 하고는 거리가 멀다.

하지만 그녀는 진검룡의 검술을 배우고 싶었다. 그냥 배우고 싶은 것이 아니라 애가 탈 정도로 간절하다.

무악과 주소영, 미미가 진검룡에게 무술을 배우기 시작했으니 낭랑을 따라잡는 것은 시간문제다.

아니, 그런 게 중요한 게 아니다. 낭랑은 강해지고 싶었다. 진검룡만큼, 아니, 그의 절반만이라도 강해지고 싶은 것이다. 그러기 위해서는 그에게 검술을 배워야 한다.

그러나 이런 식으로 진실성없이 요구해서는 진검룡이 들어주지 않을 것이라고 낭랑은 생각했다.

하지만 그녀는 누군가에게 진지하게 말하거나 행동한 적이 거의 없다.

매사 장난하는 식으로 건성이었다. 여태까지는 지금처럼

무엇인가를 간절하게 원했던 적이 없었기 때문이다. 되면 좋고, 안 돼도 그만이라는 생각으로 살아왔었다.

낭랑은 자신이 어떻게 해야지만 진검룡이 검술을 가르쳐 줄 것인지 잠시 궁리하다가 번뜩 좋은 생각이 떠올랐다.

'소영이처럼 해볼까?'

사실 그녀는 주소영이 추혼향처 경혼조장 집무실에서 진검룡에게 육탄 공세로 무술을 가르쳐 달라고 요구했던 일을 잘 알고 있었다. 집무실 밖에서 다 들었기 때문이다.

과정이야 어찌 됐든 주소영은 진검룡의 제자가 되어 무술을 배우고 있지 않은가.

진지하게 혹은 간곡하게 부탁하는 방법을 모르는 낭랑은 결국 주소영처럼 해보기로 결심했다.

"잠깐 들어와 봐."

낭랑은 진검룡의 팔을 잡고 별채의 방으로 이끌었다.

방으로 들어온 낭랑은 진검룡을 침상에 앉히고 자신은 그 앞에서 거침없이 활활 옷을 벗었다. 주소영이 했던 대로 그대로 따라 하는 것이다.

그녀가 옷을 벗는데도 진검룡은 눈 하나 까딱하지 않고 팔짱을 낀 채 지켜보기만 했다.

낭랑은 진검룡 앞에서 나신이 되는 것이 그다지 부끄럽지는 않았다.

그에게 여자로서 가장 감춰야 할 은밀한 부위까지 까발려서 보여줬는데 이제 와서 새삼 무엇이 부끄럽겠는가.

그렇지만 그녀는 다른 사람 앞에서라면 죽으면 죽었지 절대로 나신이 되지 않았을 것이다. 또한 그럴 일도 없다.

진검룡 앞에서만 벗을 수 있는 이유는 그가 여자에 대해서 무감각하다고 믿기 때문에 가능한 일이다. 그가 호색한이라면 상황은 달라졌을 것이다.

이윽고 낭랑은 젖가리개와 속곳까지 모두 벗고 태어날 때의 모습 그대로가 되었다.

먹지 못해서 발육이 덜돼 앙상한 주소영의 몸하고는 달리 먹는 것이라면 사족을 못 쓰는 낭랑의 나신은 근사했다.

그녀는 주소영보다 키가 한 뼘 정도 더 크고 살집도 제대로 올라 있는 모습이다.

젖가슴은 풍만하고 허리는 잘록했으며, 허벅지 안쪽 깊은 곳에는 방초가 무성했다.

하지만 그녀의 온몸에는 무수한 멍 자국과 새빨간 핏자국이 가득했다.

일곱 차례의 박투술에서 매번 승리한 대가로 치른 희생의 결과물이다. 그렇지만 한 대도 맞지 않은 그녀의 얼굴은 말끔했다.

"자, 나를 가져. 그… 리고 검술을 가르쳐 줘."

낭랑은 자꾸만 움츠러드는 몸을 당당하게 펴려고 애쓰면서 말했다.

아무리 진검룡 앞이라지만 낭랑도 여자라서 조금도 부끄럽지 않다는 것은 말이 되지 않는다.

그녀는 힘을 주어 아랫배를 볼록하게 만들면서 얼굴을 붉히며 당당한 표정을 지었다.

이쯤 되면 진검룡이 버럭 화를 내면서 당장 옷을 입으라고 할 것이다.

그럼 낭랑은 내 순결을 가져가고 검술을 가르쳐 달라며 울면서 애원하는 것이다.

눈물까지 나와 준다면 금상첨화겠지만 그 상황에 닥쳐보면 나와 줄지도 모른다. 안 나오면 어쩔 수 없다.

"가까이 와라."

"……?"

그런데 진검룡이 가볍게 고개를 끄덕이며 말하는 것이 아닌가. 주소영 때하고는 그의 반응이 달라서 낭랑은 속으로 흠칫하며 조금 겁이 났다.

'왜 이러는 거야, 이 인간이?'

그렇지만 이제 와서 물러날 수는 없다. 잘못 생각했다고 다시 옷을 주워 입는 것은 처음부터 옷을 벗지 않은 것만 못하다.

이쯤 되면 더 당차게 나가야 한다. 내가 너를 잘 아는데 혹심이야 품겠는가라고 낭랑은 생각했다.

슥―

"자, 나를 가져. 그리고 무슨 일이 있어도 검술을 꼭… 가르쳐 줘야 돼… 알았지?"

낭랑은 더욱 아랫배에 볼록 힘을 주고 용기를 내서 성큼 진검룡에게 다가갔다.

그런데 당황한 탓에 너무 걸음을 크게 내디뎌서 침상에 앉아 있는 그의 무릎과 그녀의 허벅지가 부딪쳤다.

그렇지만 낭랑은 물러나지 않았다. 그것은 포기를 의미하는 듯해서다.

그런데 진검룡이 낭랑의 방초가 무성하게 우거진 은밀한 부위를 빤히 주시하는 것이 아닌가.

"다리를 벌려봐라."

'이… 인간이?'

그러더니 느닷없이 다리를 벌려보라고 한다.

'어, 어쩌지?'

낭랑은 또다시 당황했으나 이미 화살은 시위를 떠나 버린 상황이다. 이제 와서 돌이킬 수는 없는 일이라서 숨을 멈춘 채 다리를 벌렸다.

"자. 왜?"

그런데 이 동작 역시 지나친 만용을 부리다 보니까 다리를 너무 벌려 버렸다.

슥―

'악!'

그때 진검룡이 자신의 옥문을 향해 손을 뻗는 것을 발견하고 낭랑은 하마터면 다급한 비명을 지를 뻔했다.

그의 손이 허벅지 가장 안쪽에 닿았다. 그러자 그의 손 윗부분이 옥문에 닿는 것은 당연지사.

"뒤돌아라."

진검룡은 손을 떼며 주문했다.

'이 자식… 설마 정말 하려고…….'

정신이 아찔해져서 속으로 그렇게 생각하면서도 낭랑은 마치 최면에 걸린 사람처럼 뒤돌아섰다.

"허리를 굽혀라."

'이 자식! 조, 좋아. 어디 네가 진짜 하는지 두고 보겠다.'

낭랑은 이왕지사 이렇게 된 것 진검룡이 몸을 요구하면 주겠다는 각오까지 했다.

그가 벌거벗은 낭랑에게 뒤로 돌아서 허리를 굽히라고 요구하는 것을 보면 그녀의 몸을 범하려는 것이 분명했다. 그게 아니면 그런 요구를 할 리가 없다.

'으음… 내가 여태까지 조장을 잘못 봤었어.'

내심 신음을 흘리며 중얼거리면서도 낭랑은 마음 한쪽에서는 진검룡이 자신을 범해도 괜찮다는 생각이 슬그머니 솟아올랐다.

이 정도 남자는 중원천하 어딜 가봐도 찾을 수 없을 것이다. 그러므로 까짓것 진검룡에게 몸을 허락하고 그와 부부가 되는 것도 나쁘지 않을 터이다.

사실 까놓고 말하면 진검룡이 훨씬 밑진다. 낭랑이야 어디 뭐 볼 게 있는 여잔가? 떠돌이에다 술고래지, 엄청나게 코를 골지, 그뿐인가. 자신이 눈 설사똥에 주저앉기까지 하는 밥통이 아닌가.

그에 비해서 진검룡은 어디 한 군데 나무랄 데라곤 없는 진국 중의 진국이다.

낭랑으로선 그야말로 호박이 넝쿨째 들어오는 횡재다.

'좋아! 하면 되지 뭐.'

그녀는 허리를 깊이 굽히면서 아예 다리까지 벌려주었다. 그리고 호박이, 아니, 진검룡의 음경이 자신의 옥문으로 진입하기를 기다렸다.

슥.

진검룡의 손이 그녀의 둔부를 잡더니 약간 벌렸다.

낭랑은 그가 이제 진짜 하려는 것이라고 철석같이 믿었다.

눈을 질끈 감고 입술을 깨물었다.

'조장이라면 괜찮아. 꽤 쓸 만한 신랑감이잖아…….'

그렇게 생각하니까 마음이 편해지고 오히려 잘됐다는 생각이 들었다.

"음, 상처가 잘 아물었군. 이제 됐다. 옷 입어라."

"……."

그런데 기다리는 음경은 진입하지 않고 진검룡의 조용한

목소리가 뒤에서 들려왔다.

낭랑은 온몸에 찬물을 뒤집어쓴 듯 정신이 번쩍 들었다.

'설마… 내 상처를 보려는 것이었어?'

갑자기 부끄러움과 수치심이 파도처럼 몰려왔다.

그녀는 남랑곡에서 산적들과 싸우다가 둔부 바로 아래 허벅지 깊숙한 곳에 상처를 입었고, 진검룡이 그것을 말끔하게 치료해 주었었다.

그는 낭랑에게 흑심 따윈 참새 눈물만큼도 품고 있지 않고, 오로지 상처를 확인하려는 것뿐이었다.

그것도 모르고 낭랑은 저 혼자서 진검룡에게 몸을 허락해서 부부가 되느니 마느니 어이없는 상상만 했으니 혼자서 북치고 장구 치고 다 한 셈이다.

철썩!

"뭘 하고 있느냐? 어서 옷을 입어라."

"악!"

그때 진검룡이 낭랑의 뽀얗고 탐스러운 궁둥이를 손바닥으로 가볍게 때리자 그녀는 자신이 아직도 그의 코앞에 다리를 벌린 채 궁둥이를 불쑥 내밀고 있다는 사실을 깨닫고 다급히 몸을 세웠다.

그리고는 앙칼지게 항의했다.

"왜 소영이는 무술을 가르쳐 주면서 나한테는 안 가르쳐 주는 거지? 나도 소영이하고 똑같이 했잖아? 그러니까 나도

소영이처럼 해줘야지. 안 그래?"

진검룡은 담담한 어조로 물었다.

"소영이처럼 해줄까?"

낭랑은 됐다 싶어서 힘차게 대답했다.

"그래!"

덥석!

그러자 진검룡이 낭랑의 팔을 잡더니 다짜고짜 방 밖으로 끌고 나갔다.

순간 낭랑의 뇌리에 번쩍 스치는 생각이 있었다. 주소영이 육탄 공세를 취하니까 진검룡이 그녀를 집어 던졌다는 사실이다. 그것도 두 번씩이나. 맙소사! 그걸 잊고 있었다.

낭랑은 끌려가면서 미친 듯이 발버둥 쳤다.

"아, 아냐! 그러지 않아도 돼!"

그러나 진검룡은 기어코 방문을 열었다.

낭랑의 눈앞에 자신이 벌거벗은 몸으로 별채 마당에 내동댕이쳐지고, 그것을 세 제자가 구경하는 광경이 떠올랐다.

절대로 그런 일이 벌어지게 놔둘 수는 없다. 진검룡에게는 별별 추한 꼴을 다 보여도 괜찮지만, 주소영이나 무악, 미미에게는 아니다.

"조, 조, 조장! 옷이라도 입게 해줘요. 네? 제발……."

그녀는 별채 마루를 끌려 나가면서 말투를 공손하고 애원조로 바꿨다.

그런데 웬일인지 진검룡이 뚝 걸음을 멈추더니 그녀를 놔주었다.

"옷 입고 마당으로 나와라."

별채 입구 마루에 걸터앉아 있던 진검룡 앞에 옷을 다 입은 낭랑이 다가와 우뚝 섰다.

"자, 이제 집어 던져."

그녀의 말투가 또 변했다. 이제 옷을 다 입었으니 배 째라는 것이다.

"네가 배울 검법은 낙화유산검(落花流散劍)이다."

"……"

낭랑은 어리둥절한 표정을 짓다가 놀라서 눈을 동그랗게 크게 떴다.

"낙… 화유산검……."

진검룡이 자신을 마당으로 집어 던질 줄만 알았지 검법을 가르쳐 줄 것이라고는 추호도 예상하지 않았던 그녀다.

"자령심공은 어디까지 익혔느냐?"

"……"

진검룡이 불쑥 묻자 낭랑은 입이 붙어버렸다. 사실 그녀는 진검룡이 무악과 주소영, 미미에게 자령심공 심법 구결을 전수할 때 별채 뒤에서 몰래 다 들었다.

이후 세 제자가 별채에서 끙끙거리면서 그걸 외우고 이해하려고 애쓰고 있을 때, 그녀는 마루 구석에서 자는 체하면서 열심히 외우고 이해했던 것이다.

그랬던 것을 진검룡이 다 알고 있었던 것이다.

'귀신이야, 귀신.'

낭랑은 진검룡을 슬쩍 흘기면서 오싹 소름이 끼쳤다.

"…딱 두 번 자령심공을 운공조식해 봤어."

그녀의 어눌한 대답에 진검룡은 뜻밖이라는 표정으로 그녀를 쳐다보았다.

그녀의 빠른 진도에 놀란 것이다. 설마 운공조식까지, 그것도 두 번이나 했을 줄은 예상하지 못했었다.

"무공을 배운 적이 있느냐?"

무공을 배운 적이 있다면 그녀의 빠른 진도를 이해할 수 있는 일이다. 진검룡의 물음에 그녀는 대답하지 않았다. 대신 미간이 좁아지고 눈이 세모꼴로 작아졌다.

그의 물음에 반사적으로 사문이 생각나고 뒤이어서 좋지 않았던 과거가 떠올랐기 때문이다.

낭랑의 표정이 흐려지는 것을 보고 진검룡은 가볍게 고개를 끄덕였다.

"됐다."

누구에게나 아픈 과거의 상처가 있다. 진검룡에게도 있지 않은가. 그러므로 그는 낭랑의 표정을 보고 그녀가 과거를 회상하고 싶어 하지 않는다는 것을 느낀 것이다.

"아냐, 말할게."

그런데 낭랑이 방긋 미소를 지었다.

진검룡은 그녀를 쳐다보았다. 그녀가 미소를 짓는 모습은 처음 보았다.

사내처럼 호탕하게 웃거나 교활한 미소를 짓는 모습은 여러 번 봤지만 방금 같은 수줍은 여자의 미소를 짓는 것은 처음이라서 의외라는 생각이 들었다. 그녀의 미소 짓는 모습은 무척 보기 좋았다. 그녀를 여자답게, 그리고 아름답게 만들었다.

슥―

낭랑은 진검룡 옆에 나란히 앉았다. 이즈음의 그녀는 진검룡을 아주 특별한 사람이라고 생각하고 있었다.

그녀는 이십일 년 동안 살아오면서 진검룡처럼 특별한 사람을 만난 적이 없었다.

그리고 그녀는 진검룡이 앞으로의 자신의 인생에 중요한 사람이 될 것이라는 예감을 갖고 있다. 아니, 그는 이미 그녀에게 중요한 사람이 되어 있었다.

사실 그녀는 이곳 진원분타에 그리 오래 있을 생각을 하고 온 것이 아니다.

사문을 떠난 이후 그녀는 한곳에 오래 있지 않고 이곳저곳 부평초처럼 떠돌았으며, 진원분타에도 잠깐 머물다 갈 생각이었다.

하지만 그 생각이 바뀌었다. 진검룡을 만났기 때문이다. 그래서 그가 이곳에 있는 한 자신도 이곳을 떠나고 싶지 않다는 생각을 하게 되었다.

낭랑은 정면으로 시선을 준 채 고즈넉이 입을 열었다.

"나 정식으로 심법이나 검법을 배운 적이 있었어."

진검룡은 그녀가 남랑곡에서 산적들하고 싸우는 모습을 보고 이미 그런 사실을 짐작했었다. 또한 어느 정도 수준인지도 정확하게 간파를 했었다.

그렇다고 어디에서 얼마 동안이나 무공을 배웠는지 캐묻고 싶은 생각은 없었다.

그는 자신이 먼저 묻지 않고 상대가 말을 하면 그냥 들어주는 성격이다.

그러나 지금은 그녀에게 검법을 가르쳐 주기 위해서 그녀의 수준을 정확히 알 필요가 있어서 물은 것이다.

"딱 석 달 동안 배웠었어. 그래서 심법 하나하고 검법 하나 달랑 배웠었지."

진검룡은 듣기만 했다.

"그런데 더 배울 수가 없게 됐어. 사문을 떠나야만 했기 때문이야."

그녀의 눈꺼풀이 파르르 떨렸다. 과거를 이야기하면서 과거를 생각하지 않을 수는 없는 노릇이다.

진검룡은 그녀를 쳐다보지 않았으나 그녀의 목소리가 떨

리고 있는 것을 느꼈다.

"그 검법은 모두 삼초식인데 일초식을 다 익혀야 다음 초식을 가르쳐 주거든? 그런데 나는 일초식을 배우다가 사문을 떠났기 때문에 제대로 못 배웠어."

사문을 떠난 이후에 그녀는 자신이 알고 있는 유일한 검법의 일초식을 죽어라고 연마해서 그것만은 달인의 경지에 오르게 되었다.

검법이 삼초식으로 이루어졌다면 삼초식을 다 배워야 완성이다. 일초식만 배우고 익혔으면 절름발이 검법인 것이다.

"왜 사문을 떠났느냐면……."

낭랑은 자신이 사문을 떠날 수밖에 없었던 이유를 아무에게도 말하지 않을 것이라고 결심했었다.

그러나 그녀는 조금 전에 그것을 진검룡에게만은 털어놓고 싶어졌다.

진검룡은 무공에 대해서만 물었으나 그녀는 자신의 과거를 그에게만은 말하고 싶어졌다.

그것은 마치 비수 같아서 가슴속에 묻어두고 있으면 자꾸만 마음에 상처를 내서 보이지 않는 피를 흘리게 만든다. 그것은 몸에 난 상처보다 더 아프다.

어쩌면 낭랑은 그에게 기대고 싶고, 또 그만은 자신을 이해해 줄 것이라는 기대감을 갖고 있는지도 모른다.

"내가 사부를 죽였어. 나를 겁탈하려고 했거든……."

그녀는 그 당시의 상황이 떠올라서 몸을 바들바들 떨면서
말했다.

"칼로… 사부의 목을 찔렀어……. 사부는 금방 죽지 않고
강제로 벗긴 내 몸 위에서 피를 철철 흘리면서 무서운 얼굴로
한참이나 그르렁거리다가 죽었어……."

그녀는 자신이 눈물을 흘리고 있다는 사실을 깨닫지 못하
고 과거의 그 시점으로 돌아가 있었다.

"나는… 제정신이 아니었어. 정신이 반쯤 나간 상태에서
황급히 옷을 입고 사부의 방을 나가려는데… 그때 사부의 딸
이 들어온 거야. 그녀는 나하고 동갑이었는데… 사부가 죽은
것을 보고 미친 듯이 비명을 질러댔어……."

그녀는 몸이 사시나무 떨리듯 떨려서 말을 제대로 할 수 없
을 지경이 되자 두 팔로 진검룡의 팔을 꼭 끌어안았다. 그러
니까 한결 나아졌다. 과연 그는 낭랑의 든든한 버팀목으로써
손색이 없었다.

진검룡은 팔로 낭랑의 풍만한 젖가슴과 그녀의 심장이 거
세게 쿵쾅거리는 것을 생생하게 느꼈다.

"그래서… 그대로 도망쳐 나왔어. 사부의 가족과 제자들이
우르르 쏟아져 나오는데 나는… 그 길로 사문을 빠져나와 다
시는 돌아가지 않았어……."

그녀의 몸이 점차 진검룡 쪽으로 기울어졌다.

무악과 주소영과 미미는 수련을 하느라 여념이 없어서 이

쪽을 쳐다볼 겨를조차 없었다.

"집으로 돌아갔는데… 어느새 관병(官兵)들이 떼거리로 집까지 몰려와 있는 거야. 나를 잡으러 온 거였어. 결국 나는 집에도 들어가지 못하고… 부모와 동생들 얼굴도 못 본 채 뒤도 돌아보지 않고 도망쳤어. 그리고는… 그 후 사 년 동안 정처 없이 여기저기 떠돌아다닌 거야."

그리고 그녀는 입을 다물었다. 떠돌아다니는 동안의 고생 같은 것은 일일이 설명할 필요도 없다.

세상 물정이라곤 아무것도 모르는 십칠 세 소녀가 혈혈단신으로 천하를 떠돌아다녔다면 대저 무슨 설명이 더 필요하겠는가.

"흑……."

자신의 아픈 과거를 다 얘기하고 나니까 낭랑은 갑자기 서러움이 복받쳐 올랐다.

진검룡은 그녀가 붙잡고 있는 자신의 팔을 빼서 그녀를 가만히 안아주었다.

"흑흑……."

낭랑은 오랫동안 고생을 하면서 세상을 헤매다가 집으로 돌아온 아이처럼, 진검룡의 품속으로 자꾸만 파고들며 더욱 서럽게 울었다.

집을 떠난 이후 사 년 동안 혼자서 몰래 소리를 죽여가면서 울었던 적은 많았지만, 이렇게 누군가의 품에 안겨서 실컷 울어본 적은 한 번도 없었다.

그런데 울면 울수록 가슴이 후련해졌다. 더 한층 맹렬하게 울어서 앙금을 다 토해내고 나면 다시 태어나는 기분일 것 같다는 생각이 들었다.

"흑흑흑……."

아픈 과거라는 것은 흡사 무거운 짐을 지고 있는 것 같아서, 누군가에게 말하고 나면 짐을 던 것 같은 기분이 든다. 그리고 실제로 낭랑은 마음이 가벼워졌다.

낭랑은 더욱 세차고 울었고, 진검룡은 그녀의 등을 부드럽게 쓸어주었다.

第三十三章
경혼조원 한매선

大中原

다음날 아침에 진원분타가 발칵 뒤집혔다.

분타주 대리인 적룡당주 훈용강과 적룡당 휘하의 두 명의 향주, 그리고 창룡당주 전술, 낙성향주, 추혼향주 양구, 탈혼조장 호태곤까지 모두 추혼향처에 모여 있었다.

그들 모두는 한 사람 앞에 늘어선 채 어쩔 줄 몰라 하는 표정을 짓고 있었다.

그들이 쳐다보고 있는 사람은 다름 아닌 한매선 고선이었다.

그녀는 흰색 비단으로 만든 최고급 경장을 아래위로 입었으며 어깨에는 번쩍이는 한 자루 검을 멘 화려하기 짝이 없는 모습인데, 일견하기에도 무림의 여고수 같았다.

그녀는 매우 당당한 표정으로 턱을 치켜들고 서 있었다.

그녀의 좌우에는 두 명의 심복인 쇄룡검 사도풍과 증혜가 시립하듯 서 있었다.

진원현 최고의 세도가인 그녀의 갑작스런 출현에 훈용강을 제외한 진원분타 사람들은 무슨 영문인지 몰라 어리둥절한 표정으로 그녀를 바라볼 뿐이었다.

하지만 훈용강은 짚이는 바가 있었다. 어제 고선이 진검룡에게 죽을 뻔하다가 궁여지책으로 그의 수하, 즉 경혼조원이 되겠다고 약속했었는데, 그것을 지키러 온 것이 아닌가 하는 생각이 든 것이다.

그때 창룡당주 전술이 초조한 표정으로 고선에게 물었다.

"궁주, 무슨 일로 본 타에 왕림하신 것입니까?"

전술은 전술 나름대로 혹시 고선이 지난번에 진검룡을 죽이라고 한 일 때문에 직접 찾아온 것이 아닌가 하고 걱정을 하고 있는 중이었다.

고선은 도도하게 턱을 더 치켜들었다.

"흥! 너는 알 것 없다."

본전도 못 건진 전술은 찔끔해서 입을 다물었다.

"궁주, 이쪽으로 앉으십시오."

추혼향주 양구가 자신의 자리를 가리키며 굽실거렸다.

그러나 고선은 그를 쳐다보지도 않았다.

누구보다도 가장 전전긍긍하는 사람은 양구다. 그녀가 이른 아침부터 진원분타에 찾아온 것도 놀랄 일인데, 추혼향처 양구의 집무실에 불쑥 들어와서는 꼼짝도 하지 않고 있었기 때문이다.

훈용강은 그녀의 의도를 정확하게 모르기 때문에 무턱대고 아는 체할 수는 없어서 침묵만 지키고 있었다.

척!

그때 문이 열리고 진검룡이 들어섰다. 조장은 일참(출근)하면 우선 향주에게 보고하는 것이 순서다.

모두의 시선이 진검룡에게 집중되었다.

진검룡을 발견한 훈용강은 어제의 일이 주마등처럼 스쳐 지나갔다.

하지만 그는 주눅이 들지도, 그렇다고 적의를 품지도 않은 단정한 모습으로 진검룡을 주시했다.

그는 어제 진검룡이 다녀간 후 많은 고심을 한 끝에 한 가지 결심을 했었다.

그의 수하가 되기로.

진검룡이 들어서자마자 고선이 환한 표정으로 그를 불렀다.

"경혼조장님."

진검룡은 그녀를 힐끗 보고 나서 양구에게 가볍게 고개를 끄덕였다. 그렇게 하는 것이 그가 일참을 했다는 보고다.

이어서 진검룡은 가타부타 아무 말 없이 양구의 집무실을 나갔다.

"조장님!"

그러자 고선이 꾀꼬리처럼 외치면서 쪼르르 그의 뒤를 따라갔다.

그녀가 밖으로 나가자 사도풍과 증혜, 그리고 진원분타 사람들도 우르르 몰려 나갔다.

진검룡은 뒤도 돌아보지 않고 곧장 경혼조 편좌방으로 향했고, 고선은 종종걸음으로 부지런히 그 뒤를 따랐으며, 그녀 뒤를 사도풍과 증혜가 바짝 쫓았다.

편좌방 문 앞에서 진검룡은 뚝 걸음을 멈추고 사도풍과 증혜를 돌아보았다.

"너희는 뭐냐?"

사도풍과 증혜는 찔끔했다. 그들 둘은 그저께 한매궁 앞에서 진검룡에게 봉으로 어깨를 맞아 큰 창피와 고통을 당했었기에 그를 염마왕 보듯이 두려워했다.

그들이 벙어리가 된 듯 아무 말도 못하자 고선이 대신 대답했다.

"이 둘은 제 호위무사로 데리고 온 거예요."

"보내라."

"네?"

진검룡은 그 말만 남기고 편좌방 안으로 들어가 버렸다.

"너희들은 궁으로 돌아가라."

고선은 두 명에게 명령하고 편좌방으로 들어갔다.

탁!

문이 닫혔는데도 사람들은 물러가지 않고 긴장된 표정으로 뚫어지게 문을 주시했다.

이른 아침에 불쑥 진원분타에 찾아온 고선이 진검룡이 나타나자 그를 따라서 경혼조 편좌방으로 들어갔으니 더욱 아리송한 표정들이다.

다만 훈용강만 혼자 고선이 찾아온 목적을 확실히 알게 되었다.

그때 편좌방 안에서 진검룡의 나직한 목소리가 흘러나왔다.

"오늘부터 경혼조원이 된 고선이다."

그 말에 편좌방 밖에 있던 사람들뿐만 아니라 안에 있던 아홉 명의 경혼조원도 기절초풍했다.

오늘로써 경혼조의 두 번째 단체 박투술이다.

경혼조원 아홉 명은 어제 그토록 치고받고 했으면서도 한 명도 겁먹은 사람이 없다.

오히려 얼굴에 생기가 넘치고 투지 때문에 상대를 쏘아보는 눈알이 반들반들 빛이 났다.

경혼조원들을 더욱 신바람 나게 하는 이유가 하나 더 있었다. 바로 고선 때문이다.

　그녀를 힐끗거리는 경혼조원 아홉 명의 눈에 언뜻언뜻 살기가 번뜩였다.

　"이게 뭐냐?"

　고선은 주소영이 건네주는 목검을 받을 생각도 하지 않고 눈 아래로 깔아보며 고자세로 물었다.

　"받아."

　"이게 뭐냐고 물었잖느냐?"

　짜악!

　"악!"

　주소영이 맘먹고 휘두른 손바닥이 고선의 뺨에 작렬했다. 그녀는 눈앞에서 불꽃이 번쩍이는 것을 느끼면서 뾰족한 비명과 함께 팽그르르 돌면서 땅에 쓰러졌다.

　다른 경혼조원들은 통쾌하다는 표정과 저래도 되나? 하는 표정이 반반이다.

　고선은 새하얀 뺨에 뚜렷하게 붉은 손바닥 자국이 찍혀진 얼굴을 들고 놀란 토끼눈으로 주소영을 쳐다보았다.

　주소영은 목검으로 고선을 가리키며 싸늘하게 꾸짖었다.

　"나는 부조장이다. 말투를 조심해라. 알았느냐?"

　"너……."

　휙!

　"알았느냐?"

"꺄악! 아, 알았어요! 부조장님!"

주소영이 한 대 갈기려는 듯 목검을 번쩍 쳐들자 고선은 두 손으로 머리를 감싸 쥐며 비명을 질렀다.

"일어나라."

고선은 앉은 채 두리번거리면서 누군가를 찾는 듯했다. 진검룡을 찾는 것이다.

그가 자신의 편을 들어주기를 기대했으나 그의 모습은 어디에서도 보이지 않았다. 가버린 것이다.

주소영의 입가에 차갑고도 비릿한 냉소가 매달렸다.

"조장님은 너를 죽이고 싶을지언정 절대로 도와주실 분이 아니니까 꿈 깨라."

"……."

"당장 그 펑퍼짐한 궁둥이를 땅에서 떼지 않으면 대갈통을 부숴 버리겠다!"

후다닥!

주소영이 목검을 치켜들면서 뺙 고함을 지르자 고선은 재빨리 일어나 부동자세를 취했다.

휙!

주소영은 그녀의 어깨에 메어 있는 화려한 장검을 풀어 저 멀리 던져 버린 후에 그녀에게 목검을 슬쩍 던져 주었다.

"지금부터 단체 박투술을 벌인다. 얻어터지지 않으려면 무조건 상대를 두들겨 패라."

고선은 제대로 받지 못해서 떨어뜨린 목검을 집어들고는 어정쩡한 자세로 두려운 표정을 지었다.

주소영은 천천히 조원들을 한차례 둘러보더니 갑자기 날카롭게 외쳤다.

"시작!"

순간 아홉 자루의 목검이 일제히 허공을 갈랐다.

휘익!

패액!

그다음에는 박 터지는 소리와 비명 소리가 뒤를 이었다.

따딱!

뻐뻑!

"으악!"

"캐액!"

"아아악—!"

그중에서도 가장 애처롭고 처절한 비명 소리는 고선의 커다랗게 벌어진 새빨간 입속에서 터져 나왔다.

아홉 자루 목검 중에서 네 자루가 한꺼번에 그녀의 온몸에 작렬한 것이다.

평생 이런 극심한 고통은 한 번도 겪어본 적이 없는 그녀다. 맞은 부위가 아픈 게 아니라 온몸이 그대로 해체되는 듯한 격렬한 고통을 맛보았다.

그녀가 크게 비틀거리면서 쓰러지려고 할 때 또다시 세 자루 목검이 그녀의 몸을 강타했다.

퍼퍼퍽!

"……."

비명도 나오지 않았고 고통도 느끼지 못했다. 그저 빨리 혼절해 버렸으면 좋겠다는 생각밖에 들지 않았다.

그녀의 바람대로 그녀는 쓰러지자마자 혼절해 버렸다.

하지만 안타깝게도 고선이 혼절해 있는 시간이 너무 짧았다. 아니, 어쩌면 그것은 혼절이 아니라 잠깐 정신이 정지했었는지도 몰랐다.

그녀는 옆으로 쓰러진 자세였는데 바로 근처에서 목검을 휘두르고 맞으며 비명을 지르는 요란한 소리가 한데 뒤섞여서 들려왔다.

눈을 떠보니 바로 서너 걸음 눈앞에서 경혼조원들이 한데 뒤섞여서 마구잡이로 때리고 맞고 있었다.

고선은 소스라치게 놀라서 다급히 눈을 감았다. 자신이 깨어난 것을 누군가 알면 또 때리려고 덤벼들지도 모른다는 생각에서다.

퍼퍽!

"끄악!"

따딱!

"어이쿠! 골통 쪼개진다!"

때리는 소리와 비명 소리가 마치 지옥에서 들려오는 절규 같아서 고선은 부르르 몸서리를 쳤다.

그녀는 무공을 전혀 할 줄 모른다. 배울 필요를 느끼지 못했기 때문이다.

그녀의 죽은 부친은 곤명성에서 몇 손가락 안에 꼽히는 방파의 방주였고 또한 대부호였다.

그녀가 어렸을 때 부친의 방파는 천의맹 곤명지부로 선정이 됐으며, 그때부터는 그야말로 순풍의 돛을 단 배처럼 만사형통이고 돈이 쏟아지듯이 들어왔다.

무공은 죽은 부친과 세 명의 오라비가 모두 곤명성에서 내로라하는 실력자들이라서 구태여 고선까지 무공을 배울 필요가 없었다.

어렸을 때에는 부친과 오라비들이 그녀를 보호해 주었으며, 철이 들어 독립한 후에는 돈으로 산 수하들이 그녀의 호위무사가 되었다.

무엇 하나 부러울 것이 없고 부족한 것이 없는 삶을 살아온 그녀다.

그리고 무엇이 선인지 또 악인지 제대로 모른다. 가르친 사람이 없기 때문이다.

닥치는 대로 돈을 벌어들였고, 하고 싶은 일은 무엇이든 망설이지 않았다.

가로막는 것도, 거칠 것도 없었다. 그녀가 무엇을 하든 다

정당화됐으며, 나쁜 짓도 그녀가 하면 당연한 일이 되었다.

최소한 진검룡이 그녀 앞에 나타나기 전까지는 그랬었다.

그녀는 죽는 것이 무서워서 경혼조원이 되겠다고 스스로 약속했으며, 그 약속을 지켰다.

진검룡이 무섭지 않았으면 경혼조원 따윈 절대로 될 이유가 없었을 것이다.

비록 마지못해서 경혼조원이 되긴 했지만 정말로 경혼조원을 할 생각은 눈곱만큼도 없다.

곤명지부에 있는 오라비들이 이곳으로 달려오면 그것으로 진검룡의 목숨은 끝장이고, 고선의 가짜 경혼조원 노릇도 끝난다.

그때까지만 참으면 되는 것이다. 진검룡이 제아무리 강해도 오라비들에 비하면 조족지혈이다.

그런데 조금 전에 맞은 여러 부위가 욱신욱신 쑤셨다. 어딜 어떻게 맞았는지 생전 처음 느끼는 통증이 정말로 고통스러웠다.

박투술인지 개지랄인지 경혼조원들이 때리고 맞는 소리는 여전히 소란스러웠다.

고선은 살며시 눈을 뜨고 탁투술이 벌어지고 있는 곳을 살짝 쳐다보았다.

그야말로 아수라장이 따로 없는 광경이 그녀의 시야 가득 쏘아 들어왔다.

경혼조원 아홉 명이 한데 뒤엉켜서 때리고 맞으면서 기합과 비명을 지르는데 고막이 다 먹먹했다.

그런데 그때 그녀는 이상한 광경을 발견했다. 경혼조원들이 치고받고 때리고 맞으면서도 모두들 무척 신바람이 난 표정들이었다.

맞을 때는 금방이라도 죽을 것처럼 비명을 질러대지만, 곧 목검을 휘두르며 고함을 지르면서 자신을 때린 조원을 향해서 덤벼들었다.

된통 얻어맞고 쓰러지는 사람도 있지만 즉시 벌떡 일어나서 싸움판으로 뛰어들었다.

가장 어려 보이고 또 싸움 기술도 형편없는 소년과 소녀가 있었는데, 바로 무악과 미미다. 고선이 보기에 그 두 사람의 행동은 정말로 이해하기 어려웠다.

그녀가 보기에 그 소년과 소녀가 제일 많이 얻어맞고 약골인 것 같았다.

그런데 두들겨 맞아서 쓰러지면 그냥 편하게 쓰러져 있으면 덜 맞을 텐데도, 오뚝이처럼 발딱 일어나서 고함을 지르며 목검을 휘두르면서 다른 조원에게 달려드는 것이었다.

그 모습은 정말이지 죽을지도 모르고 불을 보고 달려드는 부나비 같았다.

그때 한 여자가 이쪽을 힐끗 쳐다보았다. 고선이 잠깐 동안 지켜본 바에 의하면 그 여자가 제일 강한 듯했다. 바로 그녀가 고선을 쳐다본 것이다.

그리고 고선은 자신을 쳐다보는 여자의 입술 끝이 비틀어지면서 잔인한 미소가 떠오르는 것을 발견하고 숨이 콱 막히고 소름이 오싹 끼치는 것을 느꼈다.

'아, 안 돼……..'

그 여자가 목검을 치켜들고 빠르게 이쪽으로 달려오는 것을 발견한 고선은 공포에 질려서 상체를 어정쩡하게 세우고 두 손을 마구 저으면서 뒤로 물러났다.

"크헤헤! 네년이 눈 뜨고 있는 것 다 봤다! 골통을 빠개서 뇌수를 홀홀 마셔 버리겠다!"

그 여자 낭랑은 눈알이 빨개져서 침을 질질 흘리며 맹렬하게 달려오더니 정말 고선의 머리를 빠갤 듯이 그녀의 정수리를 노리고 목검을 치켜들었다.

"아아……."

고선은 온몸을 바들바들 떨면서 얼굴이 새하얗게 질렸다.

그녀의 골통을 빠개서 뇌수를 마시겠다니, 그것도 그냥 마시는 것이 아니라 홀홀 마시겠다고 했다.

그녀는 머리털 나고 그런 섬뜩한 표현을 처음 들어보았다. 사람의 입에서 어떻게 그런 악귀나찰 같은 말이 나올 수 있단 말인가.

빠르게 점점 가까이 달려오는 낭랑의 얼굴은 정말 악귀나찰처럼 보였다.

부웅!

마침내 낭랑의 목검이 고선의 머리를 향해 무시무시하게 내리 그어졌다.

목검이 허공을 가르는 소리가 고선이 이승에서 듣는 마지막 소리처럼 느껴졌다.

그런데 이런 상황에서는 눈을 질끈 감아야 하는데 어찌 된 일인지 고선의 눈은 더욱 동그랗게 크게 떠져서 짓쳐 오는 목검을 뚫어지게 쏘아보고 있었다.

딱!

"그만둬욧!"

바로 그 순간 어디선가 나타난 하나의 목검이 짓쳐 오던 낭랑의 목검을 중간에서 후려쳐 버렸다.

고선의 눈동자가 빠르게 굴렀다. 그리고 그녀는 한 소년이 손에서 목검을 놓치고 있는 것을 발견했다.

그리고 그 소년은 두 손이 몹시 아픈 듯한 표정을 짓고 있었다. 고선은 그 소년이 가장 허약한 소년과 소녀 중의 소년이라는 사실을 깨달았다.

"어럽쇼? 무악 네가 나를 방해한 거냐, 시방?"

낭랑은 어이없다는 얼굴로 무악을 쳐다보며 목검으로 그를 가리켰다.

무악은 고선을 가리키며 당돌하게 외쳤다.

"쓰러져 있는 사람을 공격해선 안 돼요! 그런 짓은 정당하지 못해요!"

"인마! 정당한지 안 한지는 내가 결정해!"

"틀렸어요! 쓰러진 사람은 더 이상 싸울 능력이 없으니까 공격해선 안 돼요!"

"야, 이 자식아! 전쟁터에서 쓰러졌다고 적군을 봐주냐? 적이 일부러 쓰러지면 그놈도 살려줘야겠구나?"

"……."

무악은 말문이 막혀서 아무 말도 하지 못했다.

고선은 무악을 바라보면서 눈동자가 마구 흔들렸다. 그녀는 무악을 오늘 처음 보았다. 그런데 생면부지의 그가 그녀를 위해서 몸을 내던진 것이다. 그것도 경혼조원 중에서 가장 약한 소년이 말이다.

고선 주위의 호위무사들이나 사람들은 하나같이 돈을 받는 자들뿐이다. 고선은 그들을 부리고 대가를 지불한다. 그것이 세상의 이치다.

그런데 이 생면부지의 소년은 악귀나찰 같은 여자에 비해서 실력도 형편없으면서도 결사적으로 고선을 보호하려고 애쓰고 있다. 대가, 즉 돈을 주지도 않았는데 말이다.

고선은 뭐라고 표현할 수는 없으나 무악에게 무한한 고마움과 또 다른 어떤 무엇인가를 느꼈다.

"알았으면 저리 비켜라, 젖비린내 나는 꼬마야!"

낭랑은 말이 끝나자마자 고선의 머리를 겨냥하고 재차 번쩍 목검을 치켜들었다.

무악은 너무도 강한 낭랑의 목검을 쳐내는 바람에 자신의 목검을 놓치고 또 두 손마저 너무 아파서 목검을 집을 입장이 아니었다.

그런데도 그는 맨몸을 날려 고선 앞을 가로막으면서 두 팔을 벌리며 쨍하게 외쳤다.

"안 돼요! 싸울 의사가 없는 사람을 공격하는 것은 정의롭지 못해요!"

'정의……'

고선은 생소한 그 말을 속으로 중얼거렸다.

"이 자식! 비키지 않으면 너부터 작살내겠다!"

낭랑은 방향을 슬쩍 틀어 무악의 어깨를 향해 목검을 세차게 그어 내렸다.

휘익!

그런데도 무악은 비키지 않고 두 눈을 똑바로 뜨고 낭랑을 쏘아보았다.

고선은 다급했다. 자신이 왜 다급해졌는지도 모르는 채 무악을 저대로 내버려 둘 수 없다고 반사적으로 생각했다.

그래서 아무런 생각도 없이 낭랑의 다리를 향해 힘껏 오른 팔을 휘둘렀다.

딱!

"악!"

그런데 그녀의 오른손에는 목검이 쥐어져 있다가 그것이 낭랑의 정강이를 된통 가격했다.

털썩!

"이, 이런……."

낭랑은 한쪽 무릎을 털썩 꿇고 그 자리에 주저앉으며 오만상을 썼다.

순간 어디에서 그런 힘이 났는지 고선은 벌떡 일어나 다짜고짜 낭랑에게 달려들며 미친 듯이 목검을 휘둘렀다.

따딱! 딱! 딱!

"아야! 어쿠! 너 이년! 그만두지 못해?"

졸지에 급습을 당한 낭랑은 눈 깜짝할 사이에 대여섯 대를 얻어터지고는 고선을 향해 목검을 휘둘렀다.

그때 목검을 집어든 무악이 가세해서 낭랑을 공격했다.

제아무리 첫 번째 박투술의 승자인 낭랑이지만, 한쪽 무릎을 꿇은 상태에서 무악과 고선을 동시에 상대하는 것은 쉽지 않았다.

"낭랑이 터지고 있다!"

그때 첫 번째 박투술에서 낭랑에게 제일 많이 얻어맞은 장관웅이 그 광경을 발견하고 눈을 희번덕이며 목검을 쳐들고 미친 듯이 달려왔다.

그리고 평소 낭랑에게 감정이 있거나 그녀가 박투술의 최후 승자가 되는 것을 원하지 않는 조원들이 허겁지겁 뒤쫓아왔다. 그런데 조원 전부다.

"이, 이 자식들……."

낭랑은 얼굴이 일그러지며 당황했으나 어쩔 도리가 없는 상황이다.

고선을 포함한 경혼조원 아홉 명은 일치단결해서 낭랑을 정말 원없이 두들겨 팼다.

진검룡을 비롯한 경혼조원 열한 명은 무악네 주루에 모였다.

그리고 옥청은 어김없이 주루 문을 닫고 신바람이 나서 요리를 만들고 술을 내왔다.

"사부님, 오늘 수련은요?"

무술 수련을 하고 싶어서 애가 탄 무악이 그렇게 묻자 진검룡이 짧게 대답했다.

"오늘 수련은 술이다."

그러자 한 마리 멍게처럼 생긴 괴물이 입이라고 생각되는 부분을 크게 벌리고 우렁차게 웃었다.

"크핫핫핫! 여태까지 조장이 한 말 중에서 제일 멋있는 말이었다!"

그러더니 멍게는 곧 죽는 신음을 쏟아냈다.

"으그그그… 나 죽네……."

멍게는 오늘 수백 대나 몰매 맞은 낭랑이다.

성한 사람은 진검룡뿐이다. 그러나 아무도 그를 원망하지 않았다.

오늘이 두 번째 박투술이지만, 조원들은 어제보다는 조금 더 낫게 싸웠다. 그것이 오늘 박투술의 결과다.

무악이 염려스러운 얼굴로 낭랑에게 말했다.

"낭랑 누나, 많이 불편하면 그만 들어가서 쉬는 게 어때요?"

그러자 낭랑은 멍게처럼 팅팅 부은 붓기 속에 파묻힌 두 눈을 새파랗게 빛내며 무악을 잡아먹을 듯이 악을 썼다.

"아가리 닥쳐! 누구든지 나 술 못 마시게 하는 놈 있으면 아예 절단을 내버리겠다!"

그녀는 흉흉한 눈빛으로 조원들을 둘러보다가 진검룡하고 눈이 마주치자 온순한 양으로 변했다.

"헤헤, 조장 빼고."

고선은 한매궁에 가면 좋은 요리와 술이 있으니까 그곳으로 가자고 말했다가 모두의 따가운 눈총을 받았다.

잠시 후에 그녀는 옥청이 내온 요리를 먹어보고는 조원들이 어째서 자신을 따갑게 쏘아봤는지 이유를 깨달았다.

옥청의 요리는 최고였다. 또한 싸구려 술이지만 꿀보다 더 맛있어서 그녀는 두 손이 보이지 않을 정도로 부지런히 먹고 마셨다.

고선의 몰골은 가관이 아니었다. 그녀가 거리에 나가면 한매선이라고 알아볼 사람은 단 한 명도 없을 것이다.

그녀가 오늘 겪은 일들은 전부 난생처음 해보는 것들뿐이었다.

그리고 난생처음 이상하고도 야릇한, 그렇지만 매우 좋은 기분도 느꼈으며, 마지막으로는 난생처음 이런 누추한 곳에서 평소 같으면 거들떠보지도 않았을 사람들하고 어울려 시시덕거리고 있다.

더구나 이렇게 격의없이 마음껏 웃고 떠드는 것 역시 난생처음 해보는 일이었다. 그런데 이것도 아주 좋다.

"푸핫핫핫! 오늘 낭랑, 죽도록 얻어터지는 것 보니까 죽어도 여한이 없더라니까!"

장관웅이 입에 술을 들이붓고 나서 호탕하게 웃었다.

"죽어도 여한이 없으면 지금 한번 죽어볼래?"

"핫핫핫! 내일 박투술 때 죽어줄게!"

낭랑이 으르딱딱거리고 장관웅이 너스레를 떠는 모습을 보면서 꽤 술이 취한 고선도 한마디 거들었다.

"호호홋! 아까 낭랑 때릴 때 정말 기분 좋았어!"

경혼조원들하고 딱 하루 어울렸는데 그녀 말투도 그들을 어느 정도 닮아 있었다.

낭랑이 고선을 힐끗 쳐다보며 예의 멍게 속에 파묻힌 두 눈에 빈정거림을 담았다.

"흐흐흐… 네년이 때리는 목검은 솜방망이 같았어."

고선은 낭랑이 '네년' 이라고 한 것보다 '솜방망이' 라는 말에 울컥 치밀었다.

그 순간 그녀 앞에 놓여 있던 술병이 허공을 갈랐다. 그녀가 술병 모가지를 쥐고 낭랑의 뒤통수를 죽을힘을 다해서 후려치고 있는 것이다.

빠캉!

"캑!"

쿵!

술병이 낭랑의 뒤통수에 정통으로 적중되고, 그녀가 단말마의 비명을 지르고, 그대로 푹 엎어진 세 가지 동작이 한순간에 벌어졌다.

고선은 술병의 주둥이 부분만 손에 쥔 채 붉어진 얼굴로 씨근거리면서 서 있었다.

좌중에 고요한 정적이 흘렀다.

다음 순간 진검룡과 주소영을 제외한 경혼조원 여덟 명이 일제히 박수를 치면서 환호성을 터뜨렸다.

짝짝짝짝—!

"와우! 낭랑을 일격에 보내 버리다니, 최고다, 고선!"

"와아! 고선 누나! 멋있어요!"

"아아! 박력있다, 고선!"

고선은 얼굴을 발그레 더 붉혔다.

"흠! 나도 한다면 하는 여자라구."

그러다가 무표정한 얼굴로 진검룡 옆에 앉아서 자신을 쳐다보고 있는 주소영과 눈이 딱 마주치자 고선은 그대로 얼어붙어 버렸다.

고선이 아직까지도 두려워하고 있는 사람이 바로 부조장 주소영이다.

주소영은 그녀를 잠시 주시하다가 시선을 거두고 진검룡의 잔에 두 손으로 공손히 술을 따르면서 중얼거렸다.

"쓸 만하군."

"헤에……."

그러자 고선의 입에서 바보 같은 탄성이 흘러나왔다.

그녀는 두 손을 가슴에 모으고 어린아이처럼 기뻐했다. 살벌한 부조장의 칭찬을 들었기 때문이다.

그녀가 오늘 첫발을 들여놓은 이 전혀 새로운 매력 만점의 경혼조는, 정말 신세계(新世界)라고 할 수 있었다.

第三十四章
진정한 사내

大中原

무악과 주소영, 미미는 술을 꽤 마신 상태인데도 술자리가 파하자 곧장 별채 마당에서 각자의 수련을 시작했다.

　낭랑은 이미 별채 마루에서 대자로 뻗어버렸다. 진검룡이 일찌감치 손을 써두었기 때문에 그녀는 코를 골지도, 입을 벌리지도 못하면서 답답함 때문에 몸부림을 치다가 옷을 거의 벗다시피 한 채 잠이 들었다.

　진검룡은 세 제자의 수련을 잠시 지켜보다가 방으로 들어가 침상에 누웠다.

　그는 오늘 술을 꽤 많이 마셨다. 예전 낙양총부에서의 그는 감정을 거의 드러내지 않았었다.

드러낼 감정이 없었기 때문이다. 아마도 그때는 감정이 메말랐었던 것 같다.

그런데 이곳에서는 마치 이미 죽었다고 여긴 고목나무에서 새 싹이 돋아나듯이, 그의 메말랐던 감정들이 조금씩 되살아나고 있었다.

그러나 그가 이곳에 내려오면서 결심했던 것. 즉, 물이 위에서 아래로 흐르듯이 순리대로 살자던 결심을 그대로 지킬 생각이다.

감정이 살아나면 살아나는 대로, 이 사람 저 사람과 인연이 맺어지면 맺어지는 대로 살 생각이다.

아주 오랫동안, 아니, 어쩌면 태어나서 처음인지 모르는 편안하고 흐뭇한 기분을 요즘 진검룡은 만끽하고 있었다.

역시 사람은 피가 튀고 팔다리가 잘라지는 폭풍우 같은 싸움터보다는, 사람 냄새가 물씬 풍기고 따스한 정이 오가는 평화로운 곳에서 살게끔 되어 있는 모양이다.

명예심과 입신영달의 욕심을 버리면 그 자체만으로도 마음이 평화로워진다.

게다가 좋은 사람들이 모여들어 부대끼면서 정을 나눈다면 그보다 더 좋은 일이 어디에 있겠는가.

진검룡은 옷을 훌훌 벗고 이불을 끌어 덮었다. 잠옷을 갈아입는 것도 귀찮아서 은밀한 부위를 가린 속곳 하나만 걸친 채 잠을 청했다. 항상 정갈하고 완벽한 그로서는 보기 드문 일이었다.

꽤 많이 마신 술이 온몸으로 퍼져서 나른했다. 하지만 기분 좋은 나른함이다.

'좋다.'

그는 속으로 중얼거리면서 정면을 바라보았다.

한쪽 벽이 온통 창인 정면은 부윰한 달빛이 비추고 창 아래에는 수십 그루 난초들이 꽃을 피워 마치 한 폭의 그림을 보는 듯한 기분을 자아내게 했다.

난향을 음미하고 달빛을 느끼면서 그는 자신도 모르게 잠이 들었다.

진검룡은 답답함을 느끼고 잠에서 깨어났다.

제일 먼저 느낀 것은 뭔가 묵직한 것이 자신의 몸을 누르고 있다는 것이었다.

이불이 이토록 무거울 리가 없다. 그런데 가랑가랑 하는 미약한 숨소리가 들렸다.

급히 눈을 뜨고 오른쪽을 돌아보니 거기에 괴물, 아니, 멍게를 닮은 얼굴이 하나 시야에 확 들어왔다.

낭랑이었다. 자신의 과거를 다 털어놓고 진검룡 품에 안겨서 펑펑 울었던 그녀는, 이제 그를 더욱 가까운 사람이라고 여기게 되었다.

그것까지는 좋은데, 그의 침상에 파고들어 와서 그를 끌어안은 채 같이 자는 것은 좋지 않았다.

더구나 오른팔이 뻐근한 것으로 미루어 낭랑은 그의 팔까지 베개 삼아서 자고 있는 듯했다.

그녀는 진검룡을 향해 옆으로 누워서 팔 하나와 다리 하나를 그의 몸에 얹은 채 세상모르고 자고 있었다.

느껴지는 감촉으로 봐서는 또 옷을 입지 않은 듯했다. 그녀는 술을 마시면 몸에 열이 뻗쳐서 자는 도중에 옷을 다 벗어 버리는 버릇이 있다.

더구나 잠버릇이 험해서 젖가리개와 속곳이 제 위치를 이탈하는 경우가 다반사였다.

지금도 진검룡의 느낌으로 보건대 젖가리개는 목에 걸쳐 있고 속곳은 종아리쯤에 내려가 걸쳐져 있는 듯했다.

부드럽고 풍만하며 따스한 젖가슴의 감촉이 그의 오른쪽 가슴에, 그리고 머리카락 같은 까슬까슬한 음모(陰毛)의 느낌이 그의 오른쪽 골반 근처에서 느껴졌다.

그가 어젯밤에 코를 골지 못하도록 조치를 취해두었기 때문에 낭랑은 입을 다문 채 고양이 소리 같은 가랑가랑한 코골이를 하고 있다.

그런데 멍게처럼 심하게 퉁퉁 부운 얼굴에 흐뭇한 미소를 머금고 있다.

더구나 찢어진 입술은 약간 벌어져서 헤에… 하는 표정이다. 행복한 꿈이라도 꾸고 있는 듯했다.

그런데 이상했다. 낭랑이 이런 상태로 자신의 침상에서 자고 있는 것을 발견했으면 불쾌해야 하는데, 진검룡의 입가에는 빙그레 미소가 머금어졌다.

낭랑을 전혀 몰랐을 때라면 모르되, 그녀에 대해서 알고 나니까 불쾌함보다는 안쓰러움이, 그리고 이렇게라도 평화롭게 자고 있는 모습이 보기 좋다는 생각이 들었다.

그때 그는 또 다른 느낌 하나를 더 받았다. 오른쪽뿐만이 아니라 왼쪽에도 누군가 자고 있었다.

아주 미약하게 쌔근쌔근거리는 아기 같은 숨소리가 왼쪽에서 들려오고 있는 것이다.

그는 돌아보기도 전에 그것이 주소영의 숨소리라는 사실을 깨달았다.

낭랑뿐만이 아니라 주소영까지 그의 침상에서 그를 복판에 두고 자고 있는 것이다.

그나마 조금 위안이 되는 것은, 주소영은 옷을 입은 채 자고 있다는 사실이다.

아마도 늦게까지 수련을 하다가 진원분타로 돌아가지 못하게 된 것 같았다.

옥청의 방에서는 미미가 자고, 무악은 사내아이라서 함께 잘 수는 없고, 그래도 진검룡이 만만했던 모양이다.

아니, 진검룡은 어렸을 때 부친을 여읜 주소영이 자신을 삼촌이나 큰 오라비처럼 여기고 있다는 사실을 알고 있었다.

주소영 역시 진검룡 쪽을 보고 옆으로 누워서 자고 있었는데, 낭랑 같지는 않고 손만 그의 가슴에 살짝 올린 채 그녀 역시 행복한 표정으로 자고 있었다.

두 여자아이 다 진검룡을 유일하게 피붙이처럼, 아니, 그 이상으로 믿고 의지한다는 공통점이 있었다.

진검룡은 이걸 어떻게 할까 잠시 고민했다. 곤하게 자고 있는 것을 내다 버릴 수는 없고, 이대로 묵인하자니 오늘은 그렇다 쳐도 내일부터 계속 같이 자자고 침상으로 기어들어 올 텐데 그것이 걱정이다.

결국 그는 결정을 내렸다. 좋지 않은 싹은 일찌감치 잘라주는 것이 좋다.

진검룡은 양손에 낭랑과 주소영을 잡고 별채 입구로 나갔다.

예상했던 대로 낭랑은 젖가리개가 목에 걸쳐져 있고 속곳은 무릎에 걸려 있는, 거의 전라의 모습이다.

그는 잠이 부스스 깨려고 하는 두 여자를 별채 마루에 눕히고 이불을 잘 덮어준 후에 다시 침상으로 돌아갔다.

낭랑과 주소영은 서로 꼭 끌어안은 채 잠을 잤다.

다음날 아침 경혼조 편좌방.

동풍이 열한 벌의 옷을 가져왔다. 진검룡이 요구했던 대로 모두 흑색 경장이고 무명으로 만들었다.

좀 더 빨리 만들 수 있었는데 신입 조원 고선의 옷을 부랴 부랴 만드느라 하루 늦어졌다고 한다.

조원들은 모두 들뜬 마음을 감추지 못하고 서둘러서 새 옷으로 갈아입었다.

원래 진원분타는 정해진 복장이 따로 없고 아무 옷이나 자유롭게 입을 수 있다.

그런데 동풍의 발상으로 경혼조가 진원분타 최초로 단체복을 입게 되었다.

진검룡을 비롯하여 모두들 흑의경장을 입고 조회를 하기 위해서 나란히 섰다.

옷은 흑의라는 것 외에는 별다른 특색이 없다. 단지 왼쪽 가슴에 송곳니가 삐죽 튀어나오고 머리에 두 개의 뿔이 달린 마귀가 희고, 붉고, 노란 삼색으로 정교하게 수놓아져 있는 것이 눈에 띄었다.

마귀는 경혼조의 상징이다. 즉, 혼이 놀란다는 뜻이다.

진검룡의 옷은 한 가지가 더 있다. 왼쪽 가슴에는 마귀가 수놓아져 있고, 오른쪽 가슴에는 우두머리를 뜻하는 '장(長)'이라는 글자가 붉은색으로 수놓아져 있었다.

똑같이 흑의경장에 마귀가 수놓아진 복장을 한 열한 명의 경혼조원들은 자신들이 정말로 형제나 가족이 된 듯한 기분이 들었다.

그들 중에서도 고선은 몹시 설레는 표정을 짓고 있었다.

그녀는 어젯밤에 만취한 상태로 한매궁에 돌아가서 잠을 제대로 이루지 못했었다.

어제 진원분타와 무악네 주루에서 있었던 일들이 그녀의 머리에서 떠나지 않고 뱅뱅 맴돌았다.

진원분타에서는 박투술을 하느라 난생처음 무지하게 두들겨 맞았었다.

다 합치면 오십 대쯤은 될 것이다. 그나마도 나중에는 조원들이 봐줘서 그 정도로 그쳤다.

그런데 참을 수 없을 만큼 아파서 한매궁에 돌아와 전속 의원을 불러 뜸을 뜬다, 침을 맞는다, 약을 지어 먹는다, 요란법석을 떨었다.

하지만 마음은 이상하리만치 평온했다. 아니, 즐거웠다. 그녀 평생에 그렇게 재미있었던 적은 한 번도 없었다.

박투술을 하며 미친 듯이 때리고 맞으면서도 신바람이 났었다. 만신창이가 되는 것이 그토록 즐거운 일인지 예전에는 몰랐었다.

그리고 무악네 주루에서는 경혼조원들과 정말 한 점도 허물없이 웃고 떠들었다.

만약 그녀에게 마음의 병이 있었다면 어젯밤에 술을 마시면서 다 나았을 것이다. 그 정도였다.

오늘은 꼭두새벽 인시(4시)에 깨어나서 왜 빨리 시간이 가지 않는 것인지 진원분타의 일참 시각을 기다리느라 왔다 갔다 하면서 설레발을 피웠다.

그뿐인가. 남들은 다 자고 있는 묘시(새벽 6시)부터 하녀들을 독촉하여 일참 준비를 서둘렀다. 일참 시각인 손시가 되려면 한 시진 반이나 남았는데도 말이다.

그렇게 난리법석을 떠는 이유는 하나였다. 어서 빨리 진원분타 경혼조에 일참을 하고 싶어서다.

그렇게 해서 나왔더니 경혼조원만의 복장, 즉 조원복(組員服)을 나누어주는 것이 아닌가. 그래서 그것을 받아 들고는 감격스런 표정을 짓고 있는 것이다.

"아… 모두 알아두실 것은, 입고 있는 옷은 경혼복(驚魂服)이라고 이름을 붙였습니다."

조원복이 아니라 경혼복이라고 한다. 경혼조니까 당연히 경혼복이겠지. 그게 훨씬 더 근사한 이름이다.

경혼조원 열 명은 모두 진검룡 앞에 일렬로 길게 늘어섰다.

각기 다른 옷을 입었을 때는 몰랐는데, 모두 똑같은 옷을 입고 서 있으니까 일체감이 느껴졌다.

그때 고선이 발그레 상기된 얼굴에 기대 어린 표정을 지으면서 조심스럽게 진검룡에게 물었다.

"저… 조장님, 오늘은 뭘 하나요?"

조원답지 않게 사근사근하고 간드러진 목소리라서 다른 조원들은 실소를 지었다.

진검룡은 짧게 한마디 하고 밖으로 나갔다.

"박투술이다."

추혼향주 양구의 향령인 하담이 향주가 부른다고 진검룡에게 알렸다.

양구의 집무실에 간 진검룡은 예상치 않았던 두 사람을 보게 되었다.

다름 아닌 사도풍과 중혜다. 그 둘은 한매궁의 이인자와 삼인자로 고선의 최측근 호위무사다.

진검룡은 그들이 아마 고선의 일로 찾아왔을 것이라고 짐작했다. 하지만 짐작이 빗나갔다.

양구가 두 사람을 가리키면서 적잖이 난감한 표정으로 설명했다.

"이들이 경혼조원이 되겠다는군."

사도풍과 중혜 같은 인물이 경혼조원이 되겠다니, 진검룡으로서는 전혀 예상하지 못했던 일이다.

"이유가 뭐냐?"

진검룡이 단도직입적으로 물었다.

사도풍이 꼿꼿한 자세로 대답했다.

"우린 한매궁 호위무사 자리에서 물러났소. 그래서 자유로운 신분으로 경혼조원이 되려고 하는 것이오."

그렇다면 경혼조원으로서 결격 사유는 없는 셈이다. 하지만 진검룡은 이들의 속셈을 짐작할 수 있었다.

아마도 이런 편법을 사용해서라도 고선을 측근에서 호위하려는 것일 게다.

그러나 한낱 부나비처럼 돈을 쫓아다니는 호위무사가 매월 녹봉으로 기껏 은자 닷 냥인 경혼조원이 되려는 것은 잘 납득이 가지 않는다.

어쩌면 고선하고 뒷거래가 있었을 수도 있다. 녹봉은 한매궁 이인자와 삼인자 수준으로 계속 줄 테니까 경혼조원이 돼서 날 호위하라고 명령했을지도 모른다.

그때 양구가 조심스럽게 진검룡에게 물었다.

"경혼조장, 어떻게 할 텐가? 아무래도 안 되겠지?"

진검룡의 의사를 묻는 것이 아니라 받아들이지 말자고 종용을 하는 것이다.

양구 정도의 지위로는 한매궁 이인자와 삼인자인 이들의 얼굴을 똑바로 쳐다보지도 못했었다.

당주쯤 돼야 그래도 이들하고 맞서서 몇 마디 대화라도 할 수 있었을 것이다. 그런 이들을 일개 말단 조원으로 받아들이면 득보다는 골치 아픈 일이 훨씬 많을 것이라고 예상하는 양구다.

반면에 사도풍과 중혜는 초조한 표정으로 진검룡을 쳐다보았다. 어쨌든 최종 결정을 하는 사람은 진검룡이기 때문이다.

진검룡은 양구의 물음에 대답하지 않고 밖으로 나갔다.

"가자."

찾아온 사람을 내치지 않는 것 또한 순리다.

사도풍과 중혜는 안도의 표정을 지으면서 즉시 진검룡을 뒤따라 나갔다.

반면에 혼자 남은 양구는 착잡한 표정으로 고민에 빠졌다.

진검룡은 경혼조원들이 한창 박투술을 벌이고 있는 추혼향처 뒤로 사도풍과 중혜를 데리고 갔다.

퍼퍼퍼퍽!

따따딱!

"아이쿠! 나 죽네!"

"아악! 그만 때려!"

모퉁이를 돌기도 전에 추혼향처 뒤에서 복날에 개 패는 듯한 소리와 죽어가는 비명 소리가 뒤섞여서 마구 터져 나왔다.

사도풍과 중혜의 얼굴에 어리둥절한 표정이 가득 떠올랐다.

그러나 다음 순간 그 비명 소리 중에서 고선의 것을 감지하고는 안색이 급변했다.

모퉁이를 돌자 사도풍과 중혜는 그 자리에서 걸음을 멈추고 만면에 경악을 가득 떠올렸다.

그들은 아무 말도 하지 못하고 눈을 휘둥그렇게 뜬 채 눈앞에 펼쳐진 광경을 쳐다보았다.

한마디로 아비규환이다. 아니, 아수라장이다. 경혼조원으로 보이는 열 명이 목검 한 자루씩을 쥐고 거의 한 덩어리로 뒤엉켜서 닥치는 대로 아무나 마구잡이로 가격하고 있는 광경이었다.

집단 광란 같기도 하고, 경혼조원 전원이 무슨 발작 같은 것을 일으키는 광경 같기도 했다.

사도풍과 중혜는 약속이나 한 듯이 급히 고선의 모습을 찾아보았다.

"……!"

그리고는 입을 딱 벌린 채 할 말을 잃어버리고 말았다.

두 사람이 고선을 발견하고 동시에 똑같이 떠올린 생각은 단 하나다.

'저분이 정말 한매선이야?'

그토록 고고하고 아름다우며 자존심과 오만함으로 똘똘 뭉쳐진 고귀한 자태는 눈을 씻고 찾으려야 찾을 수가 없다.

미친년처럼 머리카락을 길게 풀어헤친 모습은 그나마 약소한 편이다.

아직 쌀쌀한 봄 날씨에 어디에서 얻어 입었는지 반팔, 반바지를 입고 맨살을 드러낸 채, 게다가 또 맨발이다.

하지만 그런 것들은 그녀가 얼굴에 떠올리고 있는 표정에 비하면 아무것도 아니었다.

원래도 커다란 눈인데 그것을 더 부릅뜨고 눈알을 희번덕이면서 풀어헤친 머리카락 절반을 얼굴에 덮은 채 반쯤 벌어진 입에서는 괴이한 귀곡성 같은 것이 연신 흘러나왔다.

"케케케… 케헤헤… 너, 죽어봐라."

딱!

"아악!"

그러다가 머리통을 누군가의 목검에 된통 얻어맞고 엉덩방아를 찧으며 주저앉았다.

순간 사도풍과 증혜의 몸이 움찔했다. 반사적으로 튀어 나가서 부축하려는 것이다.

그런데 두 사람은 자신들의 눈을 의심했다.

고선은 발딱 일어서더니 방금 자신의 머리를 가격한 자— 낭랑이다—를 향해 저돌적으로 짓쳐 가며 목검을 휘두르는 것이 아닌가.

"낭랑, 네 이년—! 오늘 너 죽고 나 죽자—! 케케케!"

그러면서 그녀는 방금 얻어맞은 머리에서 한줄기 피가 흘러 이마와 콧등을 타고 입으로 흘러내리자 빨간 혀를 내밀어서 할짝 피를 빨아 먹더니 더 기세등등했다.

"낭랑! 내 반드시 네년의 대갈통을 깨부숴서 뇌수를 훌훌 마셔 버리고 말겠다!"

그 말은 어제 낭랑이 고선에게 했던 말이다.

'끄아아……!'

사도풍과 증혜는 사람이 어떻게 하루 반나절 만에 저렇게 변질될 수 있는지 도저히 믿을 수가 없었다.

"선 누나! 나랑 같이 낭랑 누나를 조져요!"

"그래, 무악아! 우리 같이 낭랑을 조지자!"

사도풍과 증혜는 또 입을 쩍 벌렸다.

'조, 조저?'

그때 진검룡이 손을 들고 짧게 외쳤다.

"그만."

저 광란의 난투극을 과연 누가 말릴 수 있을까라고 여겼던 사도풍과 증혜는 또다시 놀라고 말았다. 진검룡의 한마디에 광란의 난투극이 거짓말처럼 뚝 멈춰 버린 것이다.

사도풍과 증혜는 문득 자신들이 경혼조원이 된 것이 정말 잘한 일인가 하는 불안감이 엄습했다.

열 명의 경혼조원은 절뚝거리고 비틀거리면서도 일사불란하게 진검룡 앞에 일렬로 늘어섰다.

물론 고선도 예외는 아니다. 그녀는 머리에서 줄줄 흐르는 피를 연신 혀로 핥아 먹으면서 자신의 자리를 찾느라 눈을 반짝거렸다.

그들은 두리번거리지도 않고 진검룡만 주시했다. 그래서 사도풍과 증혜를 아직 발견하지 못했다.

"이리 와라."

진검룡이 고개를 끄덕이며 부르자 사도풍과 증혜는 재빨리 그의 옆으로 달려갔다.

경혼조의 분위기가 아무래도 심상치 않아서 이들 둘은 부지중에 자못 긴장한 상태다.

"어? 너희들?"

도저히 고선이라고는 믿어지지 않는 미친년 몰골의 고선이 사도풍과 증혜를 발견하고 놀라는 표정을 지었다.

두 사람은 그녀가 상전일 때처럼 정중한 예의를 갖출 수는 없으나 가볍게 고개를 숙여 인사했다.

"너희들이 여기 왜 왔어?"

그러나 고선은 발끈해서 아미를 치뜨면서 두 사람에게 나직이 호통을 쳤다.

다른 경혼조원들도 의아한 표정으로 사도풍과 증혜를 쳐다보았다.

진검룡이 봤을 때 고선과 사도풍, 증혜가 무슨 뒷거래를 한 것 같지는 않았다.

그는 둘을 가리켰다.

"이들은 지금부터 경혼조원이다."

"네놈들, 어떻게 된 거야?"

모두들 적잖이 놀라는데 그중에서도 고선이 눈에 쌍심지를 돋우며 버럭 호통을 쳤다.

사도풍이 정중하게 대답했다.

"저희는 한매궁에 정식으로 사장(辭狀:사표)을 내고 경혼조원이 된 것입니다."

"너희들⋯⋯."

사도풍이 진검룡더러 설명 좀 해달라는 투로 말했다.

"조장, 그렇지 않소?"

그의 건방진 말투에 경혼조원 열 명의 눈에서 새파란 불길이 이글거렸다.

다시 박투술이 시작됐다. 사도풍과 증혜는 반팔 상의와 반바지로 갈아입었고, 목검 한 자루씩이 주어졌다.

둘은 천천히 박투장 안으로 나란히 걸어가며 다시 한 번 결의를 가다듬었다. 즉, 자신들 둘이서 고선을 철저하게 보호하자는 것이다.

두 사람은 자연스럽게 고선의 좌우에 우뚝 섰다. 마치 한매궁에서 한매선을 호위하듯이, 그리고 그 모습은 매우 충성스러워 보여서 저절로 옷깃이 여며졌다.

슥―

그때 고선이 사도풍을 향해 돌아섰다.

사도풍은 그녀가 무슨 할 말이 있거나 자신들의 충성심에 감격해서 치하라도 하려는 줄 알고 빙그레 미소 지으면서 가볍게 고개를 숙였다.

슈욱!

순간 고선의 목검이 전력으로 허공을 갈랐다.

빠각!

"끄악!"

그녀의 목검은 고개를 숙인 사도풍의 정수리에 정통으로 적중됐다.

"궁주!"

중혜가 놀라서 외치는데, 그의 뒤에서 낭랑이 늑대 울음소리 같은 외침을 터뜨렸다.

"이 자식아! 궁주(弓奏)는 비파 타는 것을 말하는 거야! 나가 뒈져라!"

땅!

"크액!"

뒤통수에 낭랑의 목검을 제대로 가격당한 중혜는 구슬픈 비명을 내질렀다.

사도풍과 중혜는 연달아 일격을 강타당하고 쓰러질 듯이 크게 비틀거렸다.

그때 열 명의 경혼조원이 일제히 그들에게 달려들며 악귀처럼 고함을 질러댔다.

"죽여라—!"

"팔다리를 찢어 죽여라—!"

"배를 갈라서 창자를 빨랫줄처럼 꺼내 버려라—!"

"대갈통을 뽀개서 뇌수를 홀홀 마셔 버리자—!"

그들 중에서 고선의 목소리가 제일 컸다. 그리고 대갈통 어쩌고 하는 외침은 분명히 그녀의 것이었다. 낭랑에게 배운 그 말은 어느새 그녀의 것이 되었다.

따따따따딱!

퍼퍼퍼퍽!

"끄아악!"

"그, 그만! 살려줘ㅡ!"

다음 순간 열 자루 목검이 사도풍과 중혜의 온몸으로 소나기처럼 쏟아졌다.

경혼조원이 된 신입식은 그로부터 한 시진가량 진행됐다.

진검룡은 적룡당주 훈용강의 부름을 받고 그의 집무실로 찾아갔다.

"정말로 고맙습니다, 진 조장. 뭐라 드릴 말씀이 없습니다."

진검룡이 들어서자 훈용강은 의자에 앉아 있다가 급히 벌떡 일어나 그에게 달려와 앞에 서더니 공손히 포권을 하며 깊숙이 허리를 굽혔다.

"무슨 소리요?"

묻는 말이지만 진검룡의 표정이나 억양에는 궁금한 기색이 전혀 없다.

훈용강은 허리를 굽힌 채 말을 이었다.

"진원분타가 한매궁으로부터 빌린 채무 은자 팔십만 냥을 한매선이 전액 탕감해 주었습니다."

진검룡으로서는 전혀 뜻밖의 일이다. 그는 고선으로부터 아무런 말도 듣지 못했다.

"오늘 아침에 한매궁의 가노(家老:집사)가 직접 찾아와서 말해주었습니다. 이것은 참으로……."

훈용강은 말을 잇지 못했다. 그의 말은 울음기가 짙게 배어 있었다.

분타주 강무교가 엄청난 빚 때문에, 그리고 돈에 얼마나 쪼들리는지 잘 알고 있기 때문이다.

"게다가 한매선이 지난번 은자 오십만 냥을 경혼조원 가입비라고 쾌척해서 어찌해야 될지……."

"쓰시오."

훈용강은 얼굴을 번쩍 들었다. 그의 눈에는 눈물이 그렁그렁 고여 있었는데, 얼굴은 밝았다.

"그… 래도 되겠습니까?"

자신이 괴롭거나 고통스러울 때는 절대로 울지 않는 남자. 그러나 울어야 할 때를 아는 남자. 그것이 진정한 사내다.

진검룡은 가볍게 고개를 끄덕였다.

"가진 자의 돈은 써도 되오."

의미심장한 말이다. 하지만 사실 그 말은 진검룡이 청룡검 대주 시절에 가끔 썼던 말인데 자신도 모르는 사이에 튀어나와 버렸다.

"분타에 어째서 돈이 말랐소?"

물어놓고서 진검룡은 괜히 물었다는 생각이 들었다. 골치 아픈 일에 개입하는 것이 싫기 때문이다. 어떨 때는 생각하고 입이 따로 놀 때가 있는데 지금이 그랬다.

"그전에……."

훈용강은 갑자기 자세를 바로 하고 옷매무새를 고쳤다.

그 모습을 보고 진검룡은 문득 불길한 예감이 들었다.

그가 뭐라고 하기도 전에 훈용강은 그 자리에 무릎을 꿇고 머리를 조아렸다.

"저를 수하로 거두어주십시오."

예감이 맞았다. 좋지 않은 예감일수록 잘 들어맞는다.

"나는 그럴 마음이 전혀……."

스릉!

"그렇다면 그냥 가십시오."

훈용강은 그렇게 말하면서 머리를 조아린 채 어깨의 도를 뽑았다.

정말로 간곡하게 수하가 되기를 원하는 사내들은 꼭 이런 식으로 나온다.

만약 진검룡이 이대로 가버린다면 훈용강은 스스로 목숨을 끊을 것이다. 그러고도 남을 사내다.

그것은 진정한 사내들이 잘 쓰는 방법이다. 그렇다고 한 사람이 자주 사용한다는 것은 아니다. 평생에 단 한 번 그 방법을 사용하더라도, 진정한 사내들은 그런 극단적인 방법밖에 모른다는 것이다.

"그게 가능하다고 생각하오?"

당주가 그것도 분타주 대리인 적룡당주가 일개 조장의 수하가 된다는 것이 말이나 되는 얘기인가를 묻는 것이다.

"가능합니다."

"어떻게 가능하오?"

"제가 경혼조원이 되겠습니다."

"……."

배짱과 강심장이라면 따를 자가 없는 진검룡이지만, 훈용강의 말에는 어이없다는 표정을 짓고 말았다.

진검룡은 훈용강이 사내다울 뿐만 아니라 우직한 성격이라고 생각했다.

그는 자신이 경혼조원이 되면 진원분타는 어찌 되고, 또 분타 내의 위계질서는 어떻게 되리라는 것을 염두에 두고 있지 않는 듯했다. 오직 자신의 뜻만 관철시키려는 것이다.

진검룡은 자신의 심복인 청룡삼혼도 이런 식으로 한 명씩 거두었었다.

한 명씩 따로 거두었으나 그들은 모두 이런 식으로 그를 협박했었다.

그래서 결국에는 그들을 진심으로 아끼는 마음 때문에 거두어들일 수밖에 없었다.

그가 이 방을 나가면 훈용강은 필경 비분에 가득 차서 죽을 것이다.

그렇다고 그가 경혼조원이 되어 진원분타가 엉망이 되도록 내버려 둘 수도 없는 노릇이다.

갈등이란 사람이 살아 있는 한 언제나 붙어 다니는 것 같다. 이런 벽촌에서는 하등의 갈등할 일이 없을 듯했는데 이곳도 낙양성이나 매한가지다.

이윽고 진검룡은 나직이 한숨을 토해냈다.

"어째서 내 수하가 되려는 것이오?"

첫째, 훈용강은 은자 오십만 냥에 혹해서 수하인 진검룡을 독으로 제압하여 고선에게 넘기려고 실행에 옮겼다가 실패로 끝났다.

우선 그것이 상전으로서, 그리고 인간으로서 못할 짓을 했다는 죄책감이 크다.

둘째, 그런데도 진검룡은 그것에 대해서 일언반구 아무 말도 하지 않았다. 그것이 용서인지 묵인인지 훈용강은 모른다. 그래서 큰 빚을 졌다. 그것은 훈용강의 상식으로는 목숨으로 갚아야 할 빚이다.

셋째, 이것이 가장 중요한데, 훈용강은 진검룡에게 반했다. 여자만 남자에게 반하는 것이 아니다.

훈용강은 지금껏 강무교를 존경하고 따랐었는데, 진검룡은 강무교에 비할 바가 아니다. 그래서 충심으로 그의 수하가 되고 싶은 것이다.

강무교에겐 목숨을 바칠 정도는 아니었다. 하지만 진검룡에겐 백 개의 목숨이 있더라도 백 개 다 바치고 싶은 마음이 저절로 우러났다.

훈용강은 이마를 바닥에 댄 채 웅혼한 목소리로 대답했다.

"당신의 수하가 되는 길만이 저의 정해진 운명이라고 믿기 때문입니다."

그렇게까지 말하는 훈용강의 마음을 되돌릴 자신이 진검룡에겐 없다.

"나는 일개 조장일 뿐이오."

"당주의 껍데기를 쓰고 허송세월을 보내느니 조원이 되어 값진 삶을 살고 싶습니다."

훈용강의 대답은 거침이 없었다.

"경혼조는 진원분타의 잡일만 할 뿐이오."

"훌륭한 잡일입니다."

훌륭한 잡일이라는데 진검룡은 더 이상 할 말이 없었다.

"알아서 하시오."

"거두겠다고 말씀해 주십시오."

진검룡이 툭 던지고 몸을 돌리는데 훈용강이 고집스럽게 요구했다.

진검룡은 어이없다는 표정을 지었다. 순리대로 사는 것도 결코 쉽지 않다는 생각이 들었다.

만약 순리대로 하자면 훈용강을 받아들여야만 하기 때문

이다. 즉, 오는 사람 막지 않고 가는 사람 잡지 않는다는 규칙인 것이다.

진검룡은 훈용강을 향해 똑바로 섰다. 이어서 나직하지만 힘있는 어조로 입을 열었다.

"너를 거두마. 어쩌면 우리가 이곳에서도 할 일이 있을는지 모르겠다."

순간 훈용강의 몸이 움찔 떨렸다. 그러더니 그는 벌떡 일어났다가 다시 진검룡을 향해 최대로 공손히 절을 올렸다.

"속하 훈용강의 목숨을 주군께 맡기겠습니다."

이 사내는 격이 다르다. 진검룡을 주군이라 부르고 있다.

第三十五章
단명삼살의 죽음

大中原

[표적이 진원분타를 나왔습니다.]

진원분타를 감시하고 있던 단명삼살의 막내 소살이 급히 잔살과 도살에게 달려와 보고했다.

[혼자더냐?]

도살이 긴장한 얼굴로 물었다.

단명삼살의 임시 주거지는 진원현 밖 서쪽 숲 속의 다 쓰러져 가는 토지묘다.

이들의 대화는 전부 전음으로만 이루어지기 때문에 을씨년스러운 토지묘 안에 누가 있을 것이라고 생각하는 사람은 없을 것이다.

[적룡당주와 둘이 진원현 밖 동쪽으로 가고 있습니다.]

첫째 잔살의 얼굴에 가벼운 갈등이 어렸다. 표적 진검룡이 혼자 있는 기회를 찾기가 하늘의 별을 따는 것처럼 어려운 것이 현실이다.

진검룡이 주루집 아들이나 묘족 공주를 데리고 다닐 때에는 현 내를 활보하기 때문에 암살이 곤란하다.

그런데 지금 진검룡이 진원현을 벗어났다는 것이다. 적룡당주가 동행하고 있다는 것이 조금 걸리기는 하지만, 이런 기회는 두 번 다시 찾아오지 않을 것이라는 생각이 들었다.

[가자. 앞장서라, 막내.]

결국 잔살은 결정을 내렸다. 오늘 표적을 제거하기로.

*　　　*　　　*

진검룡과 훈용강은 나란히 진원현 동쪽 밖의 관도를 달리고 있는 중이다.

진검룡이 진원분타가 어째서 돈에 쪼들리는지 물은 것에 대해서 훈용강이 그 원인을 직접 보여주려는 것이었다.

훈용강은 열심히 달리고 있으나 경공이 초보 수준이어서 말이 달리는 속도보다 조금 느렸다.

그러나 진검룡은 그의 속도에 맞춰서 묵묵히 달렸다.

"폐광(廢鑛) 상태나 다름이 없습니다. 갱부(坑夫:광산의 인부)를 구하지 못했기 때문입니다."

훈용강은 달리면서 진원분타의 여러 사업 중에서 주업인 은광(銀鑛)에 대해서 설명하고 있었다. 지금 두 사람이 가고 있는 곳이다.

"폐광이 된 지 벌써 삼 년이나 됐습니다. 예전 호경기 시절에는 그곳에서 매월 은 천 근 정도가 고정적으로 나왔기 때문에 분타를 운영하는 데는 전혀 어려움이 없었습니다. 그런데 지금은 매월 은 삼십 근 정도만이 간신히 나오고 있습니다. 그래서 분타주도 은광을 포기한 상태입니다."

훈용강은 과묵한 사람이지만 수하가 된 입장에서 설명을 해야 하기 때문에 말을 많이 할 수밖에 없었다.

진검룡은 더 이상 들어보지 않아도 어떻게 된 일인지 짐작할 수 있을 듯했다.

광산, 더구나 은광이란 사람 손이 많이 가는 일인데 갱부를 구할 수 없으니 폐광 상태가 된 것은 당연한 일이다.

그러니 자연히 은을 생산하지 못하게 되고, 은광이 주 수입원인 진원분타는 돈에 쪼들리게 되어 이곳저곳에 손을 벌릴 수밖에 없는 처지가 되었을 것이다.

진원분타 소유의 은광, 동진광(東進鑛)이라는 이름의 그곳은 진검룡이 짐작했던 것보다 더 상황이 좋지 않았다.

최소한 백오십여 명의 갱부가 필요한 은광에 고작 일곱 명이 일하고 있었다.

그래서는 진원분타의 주 수입원은커녕 그곳에서 일하는 갱부들 녹봉도 빠듯할 터이다.

은광 동진광을 보고 돌아오는 길에 훈용강은 내내 말이 없었다. 마음이 무거워졌기 때문일 것이다.

훈용강이 진검룡의 수하가 되었다고 해도 진원분타의 일을 쉽게 떨쳐 내는 것을 무리일 터이다.

"아! 죄송합니다, 주군."

잠시 후에 훈용강은 자신이 지나치게 침울해 있다는 사실을 깨닫고 급히 용서를 빌었다.

진검룡은 가볍게 고개를 끄덕이고는 훈용강이 달리는 속도에 맞춰서 계속 달렸다.

"……!"

그 순간 진검룡은 뭔가를 느꼈다. 눈과 귀로 감지한 것이 아니라 본능적으로 느낀 것이다.

그런데 방향을 알 수가 없다. 단지 어떤 흐릿한 느낌만 전해지고 있을 뿐이었다.

그는 번쩍 위로 고개를 들었다.

'있다!'

하나의 인영이 진검룡과 훈용강의 머리 위에서 놀라운 속도로 하강하고 있는 것을 발견했다.

그 인영은 갈의경장을 입었으며 머리를 아래로 향하고, 두 발을 가지런히 붙여서 위로 뻗은 수직의 자세이며, 두 손으로 잡은 검을 아래를 향해, 아니, 진검룡의 머리를 겨냥한 채 곧게 뻗고 있었다.

보통의 무림고수들이 적의 머리를 공격할 경우에는 다리를 아래로 하여 의자에 걸터앉은 듯한 자세를 취하며 무기를 휘두르는데, 갈의인은 반대다.

일격필살(一擊必殺)을 노리는 것이다. 전형적인 살수의 암습 자세가 분명하다.

진검룡과 훈용강은 관도 가장자리를 나란히 걷고 있었으며, 그곳은 숲과 면해 있어서 살수는 나무 위에서 기다리고 있다가 암습을 전개한 것이 분명하다.

그가 노리는 표적은 진검룡이었다.

'살수!'

역시 진검룡을 함정에 빠뜨렸던 암중의 인물은 그가 벽촌으로 외천된 것으로 만족하지 않는 것 같았다.

훈용강은 살수의 암습을 추호도 느끼지 못하고 있었다. 그러나 그는 자신이 죄송하다고 말했는데도 진검룡이 아무런 반응이 없자 무심코 그를 쳐다보았다.

진검룡은 고개를 들고 위를 쳐다보고 있었다. 그래서 훈용강도 위를 쳐다보다가 진검룡 머리 위의 갈의인을 발견하고 놀라서 두 눈을 부릅떴다.

경악성을 터뜨릴 새도 없었다. 암습자가 뻗은 검은 이미 진검룡의 머리 위 반 장까지 쇄도하고 있는 중이었다.

더구나 훈용강으로서는 한 번도 본 적이 없는 엄청난 빠르기의 쾌검이다.

훈용강은 지금 진검룡을 공격하고 있는 암습자의 그런 굉장한 솜씨를 한 번도 본 적이 없었다.

그래서 그는 진검룡이 죽을지도 모른다는 생각이 들었다. 아니, 지금 상황으로는 죽을 수밖에 없을 것 같았다.

그러나 자신으로서는 도울 방법이 전혀 없고, 위험하다고 소리칠 여유조차도 없는 상황이다. 소리치기 전에 살수의 검이 진검룡의 머리를 꿰뚫을 것이다.

다만 암습자의 입술이 흐릿하게 비틀려 있는 것을 보고 오싹 소름이 끼쳤다.

그 암습자가 암살을 할 때 한줄기 미소를 짓는다는 '소살'이라는 사실을 훈용강이 알 턱이 없다.

툭.

그때 오른쪽에 있던 진검룡이 왼손으로 가볍게 훈용강의 어깨를 건드렸다. 아니, 밀었다. 그를 암습자의 공격권에서 벗어나게 하려는 의도다.

훈용강은 걷다가 진검룡을 돌아보는 자세에서 숲 쪽으로 밀려갔다.

비록 진검룡이 가볍게 밀었기 때문에 훈용강은 조금도 충격을 받지 않았으나 밀려가는 속도는 매우 빨랐다.

그러면서 그는 진검룡의 동작을 하나도 놓치지 않고 목격할 수 있었다.

제일 먼저 진검룡은 관도 쪽으로 한 걸음 이동했다. 발걸음을 뗀 것 같지는 않았는데 그냥 그의 몸이 그쪽으로 공간을 이동하듯이 비켜났다.

이어서 그는 왼손을 들어 허공의 암습자를 향해 뻗었다. 하지만 그 손에는 무기나 암기 같은 것도 쥐어져 있지 않은 빈손이었다.

투우.

그런데 그의 왼손 손가락이 다 접히고 중지 하나만 길게 뻗어 있는 상태에서 손가락 끝에서 눈가루처럼 흰 백색의 기류가 일직선으로 발출됐다.

"⋯⋯!"

훈용강은 순간적으로 자신이 꿈을 꾸는 것이 아닌가 싶었으나, 꿈은 아니었다.

지금 그는 진검룡의 왼손 중지에서 백색 기류가 발출되고 있는 광경을 너무도 생생하게 보고 있었다.

그는 그것이 무엇인지 한눈에 알아보았다. 평생 단 한 번도 본 적은 없지만, 무림의 일대 기인이나 초절고수가 손가락 끝에서 내공을 발출하여 바위에 흔적을 새긴다는 뜬구름 같은 풍문은 익히 들은 바가 있었다.

그것이 바로 지풍(指風)이다.

훈용강은 경악한 상황에서 눈동자가 재빨리 백색 기류, 아니, 지풍의 궤적을 따라갔다.

그러나 지풍은 눈으로 보는 것보다 더 빨랐다. 단지 암습자가 급히 허리를 비틀어 지풍을 피하는 것을 보았고, 그를 아슬아슬하게 비껴 나간 지풍이 허공으로 일 장가량 더 솟구치다가 사라지는 것을 보았을 뿐이다.

놀라움의 연속이다. 느닷없이 진검룡을 암습한 자 때문에 놀랐고, 진검룡이 지풍을 발출하는 것을 보고 놀랐으며, 그 지풍을 피하는 암습자를 보고 또다시 놀랐다.

자고로 지풍의 가장 느린 속도는 강하게 쏘아낸 화살의 다섯 배라는 것이 무림의 정설이다. 그런데 암습자는 비록 어려운 동작이지만 지풍을 피해낸 것이다.

그때 훈용강은 진검룡의 모습이 사라졌다는 사실을 깨달았다. 찰나지간 지풍에 정신을 팔고 있는 사이였다.

암습자가 표적, 즉 진검룡을 잃고 그의 정수리를 노렸던 검첨이 허공을 찔렀다. 그와 동시에 하강하던 그의 몸이 멈칫했다.

쿵!

옆으로 밀리던 훈용강의 어깨가 나무에 닿으며 멈췄다.

스팟!

그 순간 훈용강은 새파란 빛 한줄기가 암습자의 얼굴 부위를 번뜩 스치는 것을 발견했다.

그리고 그다음에 발견한 것은 어느새 암습자의 오른쪽 옆으로 돌아간 진검룡이 허공으로 솟구치는 자세에서 오른손으로 막 검을 휘두른 모습이다.

그런데 암습자가 거대한 쇠망치에 얻어맞은 것처럼 갑자기 훈용강이 있는 쪽으로 쏜살같이 튕겨졌다.

그때 훈용강은 보았다. 암습자는 눈을 부릅뜨고 있는데 미간 한복판에서 피가 뿜어지고 있었다. 그리고 암습자의 입가에는 여전히 흐릿한 미소가 머금어져 있었다. 미소를 지울 여유조차 없이 당했던 것이다.

훈용강이 급히 피하자 암습자는 그의 바로 옆에 있는 나무에 강하게 부딪쳤다가 훈용강 앞에 묵직하게 나뒹굴었다.

훈용강은 경악하는 표정으로 암습자를 쳐다보았다. 암습자는 하늘을 향해 똑바로 누운 자세인데 눈을 부릅뜨고 있으며 입가에는 여전히 흐릿한 미소가 머금어져 있었다.

훈용강의 시선이 암습자의 미간으로 향했다. 그곳에서는 더 이상 피가 뿜어 나오지 않았다.

대신 미간 한복판에 손톱 크기의 새빨간 꽃이 한 송이 피어 있었다.

그것은 미간에 새겨진 검의 흔적, 즉 검흔(劍痕)과 상처에서 뿜어 나온 핏물이 어우러져 만들어낸 이른바 피의 꽃, 혈화(血花)다.

훈용강은 진검룡이 최초에 발출한 지풍이 암습자의 자세

를 흩뜨리는 역할을 했으며, 두 번째로 검이 암습자의 숨통을 끊었다는 사실을 깨달았다.

'꿩… 장하다… 으으…….'

쉬익!

그 순간 숲에서 하나의 물체가 바람처럼 튀어나와 훈용강의 옆을 스치며 진검룡을 향해 곧장 쏘아갔다.

훈용강은 뒤늦게 움찔 놀라며 급히 그 물체의 뒷모습을 쳐다보았다.

그 물체는 불타는 듯한 홍의를 입은 인물인데, 오른손에 움켜쥔 한 자루 검을 머리 위로 치켜 세운 채 진검룡을 향해 짓쳐 가고 있었다.

그자가 만약 훈용강을 죽이려고 했으면 그는 누구에게 죽는지도 모르는 채 당했을 것이다. 그런 생각을 하자 정신이 아찔해졌다.

홍의인이 진검룡을 공격해 가는 광경을 쳐다보던 훈용강의 눈이 커졌다.

무엇인가를 발견한 것이다. 지상에 막 내려서고 있는 진검룡 뒤쪽 머리 위의 눈부신 태양 속에서 하나의 검은 그림자가 튀어나오고 있었다.

그런데 진검룡은 그 사실을 아직 모르는 것 같았다. 그는 정면에서 짓쳐 오고 있는 홍의인을 주시하면서 오른손의 검을 땅을 향해 비스듬히 뻗은 자세다.

훈용강은 순간적으로 갈등했다. 정면의 홍의인은 이미 진검룡의 앞 일 장까지 쇄도하고 있는데, 지금 진검룡에게 뒤쪽의 암습자를 소리쳐서 경고했다간 그가 당황해서 낭패를 당할 수도 있었기 때문이다.

그가 갈등하고 있는 사이에 홍의인은 진검룡에게 검을 베어가고 있었다.

그의 공격은 기이했다. 검이 휘둘러지자 눈부신 광채 여러 개가 번뜩였다. 그것은 마치 검으로 만들어낸 꽃 같았다.

그것이 검으로 만들어낸 바람, 즉 검풍(劍風)의 위의 단계인 검화(劍花)라는 사실을 훈용강은 알지 못했다.

홍의인이 만들어낸 검화는 모두 세 개인데, 그것들이 진검룡의 얼굴과 양쪽 가슴을 향해 빛처럼 쏘아갔다.

훈용강은 마치 신선들의 싸움을 보는 듯한 착각에 빠졌다. 현실에서는 이런 일이 도저히 일어날 수 없을 것이라는 생각이 들었다.

그러면서도 진검룡이 과연 저 세 송이의 검화를 피할 수 있을까 하는 걱정이 앞섰다.

그런데 진검룡은 검화를 피하지 않았다. 피하기는커녕 오히려 검화를 향해, 아니, 홍의인을 향해 마주 쏘아가면서 땅을 향하고 있던 검을 가볍게 떨쳤다.

훈용강이 알고 있는 상식으로는, 검을 찌르거나 베려면 그 전에 반드시 예비 동작이 있어야만 한다.

즉, 검을 뒤로 혹은 옆으로 약간이라도 젖혀야 한다는 것이다. 검을 제자리에서 베거나 찌르면 위력이 현저하게 저하되기 때문이다.

그런데 진검룡은 땅을 향해 뻗고 있던 검을 그냥 홍의인을 향해 아래에서 위로 비스듬히 쳐올렸다.

"……!"

그 순간 진검룡을 보고 있던 훈용강의 눈이 커다랗게 부릅떠졌다. 진검룡의 모습이 서 있던 자리에서 사라지고 있었기 때문이다.

아니, 사라지는 것이 아니라 상체가 옆으로 기우뚱 빠르게 쓰러지는 것 같더니 그 한 동작으로 홍의인이 발출한 세 개의 검화를 간단하게 피해 버리고, 진검룡 자신은 쓰러진 쪽 아래에서 위로 폭포를 거슬러 오르는 물고기처럼 홍의인의 옆으로 쇄도하는 것이 아닌가.

그런 동작은 도저히 훈용강의 상식으로는 이해가 되지 않았다. 사람이 어떻게 우뚝 서 있다가 상체가 옆으로 기울어지는가 싶더니 상대를 향해 쏘아 오를 수 있단 말인가.

그러나 그는 곧 그 원리에 대해서 깨닫고 너무 놀라서 입까지 쩍 벌리고 말았다. 진검룡은 검을 따라서 움직이고 있는 것이었다.

즉, 땅을 향해 뻗고 있던 검을 비스듬히 쳐올리고는 그 검을 따라서 상체가 옆으로 기울어졌다가 즉시 솟구치고 있는 것이다. 믿기 어려운 일이지만, 그는 한 자루 검에 자신의 몸을 싣고 있는 것이다.

'아아… 어떻게 저럴 수가……'

그것이 검법의 최고 경지인 이기어검술(以氣馭劍術)을 실전에 임시로 응용한 수법이라는 사실을 알면 훈용강은 입에 거품을 물게 될 것이다.

팍!

진검룡의 검이 홍의인의 얼굴 어림을 스쳐 지나가는가 싶더니 아주 미약한 음향이 흘렀다.

그리고 훈용강은 홍의인의 뒤통수에서 피 한줄기가 푹 뿜어지는 것을 발견했다.

그때 그는 또다시 한 가지 사실을 깨달았다. 조금 전에 죽은 첫 번째 암습자 갈의인은 미간에서 피를 뿜었었다. 그런데 사실은 미간에서 뒤통수까지 관통됐기 때문에 양쪽에서 피를 뿜었던 것이다.

아직 보진 못했지만 지금 뒤통수에서 피를 뿜고 있는 홍의인은 미간에서도 피를 뿜고 있을 테고, 곧이어 미간에 한 송이 혈화가 생겨날 것이다.

홍의인의 상체가 뒤로 덜컥 젖혀지면서 쓰러질 때, 진검룡은 빙글 몸을 돌려 태양을 등지고 나타난 인물을 맞이하러 쏘아갔다.

훈용강이 애써 말해줄 필요가 없었다. 진검룡은 이미 알고 있었던 것이다.

훈용강은 진검룡이 세 번째 암습자와 어떻게 싸우는지 똑바로 보기 위해서 눈을 크게 뜨고 깜빡이지 않으려고 애썼다.

진검룡이 첫 번째 암습자, 그리고 두 번째 암습자를 죽인 수법은 각기 달랐다.

둘 다 신기(神技)라고밖에는 표현할 수 없는 수법이었다. 과연 세 번째는 어떤 신기를 보여줄지, 훈용강은 극도로 긴장한 표정이었다.

마치 태양 속에서 튀어나온 듯한 세 번째 암습자는 검을 머리 위로 치켜든 자세를 취한 채 허공 이 장 높이에서 비스듬히, 그러나 똑바로 진검룡을 향해 놀랍도록 빠른 속도로 공격해 왔다.

진검룡은 세 번째 암습자를 향해 두 발을 어깨 넓이로 벌린 자세로 지상에 우뚝 서 있다.

그때 훈용강은 한 가지 사실을 더 발견했다. 그것은 진검룡이 적을 상대할 때 어떤 자세나 예비 동작을 취하지 않는다는 사실이다.

그는 아까처럼 검을 비스듬히 땅을 향해 뻗은 채 세 번째 암습자를 바라보고 있을 뿐이었다.

첫 번째 암습자와 두 번째 암습자가 진검룡을 공격한 방법이 각각 달랐듯이, 세 번째 암습자의 공격도 달랐다.

그는 곧장 진검룡의 정수리를 향해 검을 그어왔다. 그러나 파공음은 추호도 생기지 않았다. 그러고 보니까 앞선 두 명의 암습자도 움직일 때나 공격할 때 아무 소리도 나지 않았던 것 같았다.

'아!'

그 순간 훈용강은 너무 놀라서 하마터면 입 밖으로 탄성을 터뜨릴 뻔했다.

세 번째 암습자가 진검룡의 정수리를 노리고 있다는 생각을 했었는데, 틀렸다. 더구나 그는 검을 한 자루만 갖고 있는 것이 아니었다.

갑자기 어디에서 검이 생겼는지 도합 다섯 자루 검이 부챗살처럼 촥 펼쳐지더니 진검룡의 정수리와 양쪽 어깨, 그리고 양쪽 옆구리를 동시에, 그리고 한꺼번에 공격했다.

훈용강은 너무 놀라서 입을 크게 벌렸는데 온몸이 오그라들 것처럼 소름이 확 끼쳤다.

세 번째 암습자의 공격은 도저히 인간의 능력이라는 생각이 들지 않았기 때문이다.

그와 동시에 또다시 진검룡에 대한 걱정이 파도처럼 엄습했다. 아무리 그라도 이번만큼은 도저히 적의 공격을 피하거나 막을 수 없을 것이라는 불안감이 들었다.

세 번째 암습자의 다섯 자루 검이 이미 반 장 전면까지 쇄도하고 있는데도 진검룡은 제자리에서 꼼짝도 하지 않고 있었다.

물론 세 번째 암습자는 검을 다섯 자루씩이나 지니고 있지 않았다. 그는 단지 한 자루 검으로 다섯 자루의 효과를 내고 있는 것이다.

즉, 다섯 개의 검영(劍影)을 만들어내서 진검룡의 상체 다섯 군데를 동시에 공격하는 수법인데, 검영은 검화 바로 위 단계의 상승 검법이다.

하지만 훈용강의 눈에는 다섯 자루 검으로 한꺼번에 공격하는 것처럼 보였다.

그 다섯 개의 검영이 진검룡의 한 자 앞에 이르자 훈용강은 눈앞이 캄캄해졌다.

스으으.

그런데 그때 진검룡의 몸이, 아니, 상체가 움직였다. 마치 갈댓잎이 미풍에 흔들리는 것처럼 좌우로 가볍게 이리저리 흔들거렸다.

그리고 그 순간 훈용강은 보았다. 진검룡의 상체가 좌우로 흔들리면서 다섯 자루 검을 찰나지간에 모조리 피하고 있는 광경을.

살수의 검, 즉 살수지검은 일격필살이다. 그것을 위해서 전력을 다한다.

그러므로 세 번째 암습자, 즉 잔살은 진검룡이 다섯 개의 검영을 피하는 순간에 그의 일곱 자 앞까지 이르러 있는 상황이었다.

진검룡의 검이 잔살의 얼굴을 향해 빛처럼 뻗어 나갔다.

쩌겅!

그러나 잔살이 검을 휘둘러 진검룡의 찔러오는 검을 쳐냈다.

무림에서 진검룡의 검을 피하거나 막을 수 있는 자가 많지 않다는 사실을 고려하면 잔살의 실력은 대단한 것이다.

진검룡 뒤쪽에 있는 훈용강은 진검룡의 검과 잔살의 검이 부딪치는 순간 진검룡의 왼손이 쏜살같이 앞으로 뻗어 나가는 것을 발견했다. 하지만 왜 그러는 것인지 그때까지는 이유를 알지 못했다.

퍽!

"흐악!"

그런데 가죽 북을 세게 두드린 듯한 음향이 터지며 잔살이 비명을 지르면서 허공으로 튕겨져 올라갔다.

훈용강은 그게 어찌 된 일인지 순간적으로 알지 못했다. 단지 진검룡이 왼손을 뻗어 어떻게 했을 것이라고만 막연히 생각할 뿐이었다.

훈용강이 보고 있는 동안 잔살은 입에서 마치 화살처럼 피를 뿜으면서 관도를 가로질러 날아가 맞은편 나뭇가지에 걸쳐졌으나 몸을 꿈틀거릴 뿐 움직이지 못했다.

슈욱!

그때 진검룡이 검을 어깨의 검실에 꽂으면서 잔살을 향해 비스듬히 쏘아 올랐다.

"……."

훈용강이 놀라서 보고 있는 사이에 진검룡은 지상에서 사장 높이 나뭇가지에 이르러 잔살의 팔을 잡고는 다시 지상으로 사뿐히 내려섰다.

툭.

그는 잔살을 땅에 내려놓고 조용한 어조로 물었다.

"누가 보냈느냐?"

잔살은 입에서 꾸역꾸역 피를 흘리면서 얼굴을 일그러뜨리면서 웃었다.

"크흐흐… 우리가 누군지 안다면 그렇게 묻… 지 않을 텐데?"

"너희 단명삼살 따위의 피라미가 살수계의 최고라고 생각하는 것이냐?"

"……!"

잔살은 진검룡이 자신들을 한눈에 간파했다는 사실에 놀란 듯 부릅뜬 눈을 더 크게 떴다.

"하긴, 너 정도는 누가 너희를 보냈는지 모를 것이다."

"그… 렇다. 우린 누가 우릴… 고용했는지… 모… 른다……."

잔살은 헐떡거렸다. 그는 자신이 곧 죽을 것이라는 사실을 알고 있는 듯했다.

"흐으으… 이제야 나는 네가 누군… 지… 알 것… 같다……. 너는……."

그때 훈용강이 주춤거리면서 걸어오는 것을 보고 진검룡은 왼손 중지에서 지풍을 발출하여 잔살의 미간을 관통시켜 즉사시켰다.

픽!

다행히 훈용강은 잔살이 진검룡의 옛 신분을 말하는 것을 듣지 못했다.

"주군, 이… 들이 단명삼살입니까?"

대신 훈용강은 진검룡이 잔살에게 '단명삼살'이라고 하는 말을 듣고 크게 놀라서 물었다.

중원의 변방인 운남성에 살고, 무림의 언저리에서 활동하는 이류무사인 훈용강이라고 해서 무림에 대한 지식까지 어두우란 법은 없다.

무림 한복판보다는 언저리에서 활동하는 이, 삼류일수록 무림 지식에 더 밝으며 두서너 명이 모이기만 하면 무림 얘기로 꽃을 피우게 마련이다.

더구나 단명삼살 같은 특급 살수는 얘깃거리가 무궁무진하다. 그들의 활약상은 야사(野史)처럼 크게 부풀려져서 인구에 회자된다. 그러므로 훈용강이 단명삼살을 모를 리가 없다.

그러나 진검룡은 훈용강의 물음에 대답하지 않고 잠시 우뚝 서서 뭔가 골똘히 생각에 잠겼다.

그 사이에 훈용강은 잔살의 죽은 모습을 조심스럽게 살펴
보다가 깜짝 놀랐다.

잔살의 가슴에 새카맣게 탄 손바닥 자국이 뚜렷이 찍혀 있
었기 때문이다.

그것은 마치 손바닥처럼 생긴 인두를 불에 새빨갛게 달구
었다가 지진 듯한 모습이었다.

손바닥 자국은 옷을 태우고 살까지 태운 상태이며 한 치 정
도 깊이로 새겨져 있었다.

그 정도라면 가슴속이 완전히 짓이겨졌을 것은 두말할 나
위가 없을 터이다.

더구나 잔살의 미간에는 손가락이 쑥 들어갈 정도의 구멍
이 뻥 뚫려 있었다. 훈용강이 다가올 때 진검룡이 지풍을 발
출한 결과다.

훈용강은 잔살이 진검룡의 신분에 대해서 말하려고 할 때
진검룡이 손을 썼다는 사실을 알고 있었다.

진검룡의 옛 신분이 무엇이었는지 몹시 궁금하지만, 지금
은 그의 무위(武威)에 너무 놀라서 딴생각을 할 겨를이 없는
상황이었다.

그때 진검룡이 죽은 잔살의 어깨를 잡고 도살과 소살이 죽
어 있는 쪽으로 끌고 갔다.

"주군, 속하가……."

깜짝 놀란 훈용강이 진검룡에게서 뺏다시피 잔살을 넘겨

받아서 끌고 갔다.

이어서 훈용강은 다른 손으로 도살을 끌고, 진검룡이 남은 소살을 끌어 숲 속으로 들어갔다.

잠시 후에 두 사람은 관도에서 멀지 않은 숲 속의 공터에 마른 나뭇가지들을 수북이 모으고 그 위에 단명삼살의 시신을 얹은 후 불을 지폈다.

화르르… 타닥… 탁!

활활 타오르는 불길을 앞에 두고 진검룡과 훈용강이 나란히 서서 지켜보고 있다.

훈용강은 마치 잠시 동안 지독한 꿈을 꾼 듯한 기분이었다. 하지만 혀를 날름거리는 불길 속에서 타고 있는 세 구의 시신은 그가 꿈을 꾼 것이 아님을 증명하고 있었다.

훈용강 정도의 무리들이 한 잔 술을 걸치고 안주 삼아서 무림에 대해 시건방을 떨면서 주절거릴 때에도 단명삼살 같은 특급 살수에 대한 이야기가 나오면 자신들도 모르게 오싹 몸을 떨게 마련이다. 그만큼 섬뜩한 존재들이기 때문이다.

그런 그들이 지금 훈용강의 눈앞에서 한 줌의 재로 변해가고 있었다. 이것은 정녕코 꿈이 아니다.

훈용강은 조심스럽게 옆에 서 있는 진검룡을 쳐다보았다.

방갓 아래 절반쯤 드러난 각지고 무표정한 얼굴이 불길에 일렁이고 있었다.

여태까지 훈용강은 진검룡이 대단한 고수일 것이라고 잘

못 생각했었다.

그는 대단한 고수 정도가 아니었다. 훈용강의 눈이 잘못되지 않았다면, 진검룡은 전 무림에서 몇 손가락 안에 꼽힐 정도의 절정고수가 분명하다.

훈용강은 자신이 맹호의 등에 올라탔다는 사실을 깨달았다. 이른바 기호지세(騎虎之勢)다. 하지만 이젠 내릴 수도 없다. 운명을 같이할 수밖에.

第三十六章
곤명성으로

大中原

오늘까지 세 차례 박투술을 벌인 경혼조원들은 박투술이 끝나자 완전히 녹초가 돼버렸다.

그러나 만신창이가 된 그들의 얼굴 표정만은 어느 때보다도 해맑게 밝았다.

박투술을 끝내고 목욕실로 우르르 몰려갈 때나, 다 씻고 나서 편좌방으로 돌아올 때에는 아직도 싸울 힘이 남았는지 서로 툭툭 치면서 으르렁거리기도 하고 간지럼을 태우면서 키득거리기도 했다.

세 번째인 오늘의 박투술에서는 때리는 것이나 맞는 것이나 슬슬 이골이 나기 시작했다.

때리고 맞는 것에 요령이 생겼으며, 어떻게 때려야 상대가 무력해지고 고통을 더 줄 수 있는지, 반면에 어떻게 맞아야 덜 아프고 충격이 덜한지 조금쯤은 터득하게 되었다.

하지만 전혀 그렇지 못한 사람도 있었다. 오늘 신입 조원으로 들어와서 경혼조원들의 집중 표적이 된 사도풍과 증혜다.

두 사람의 몰골은 경혼조원들이 박투술을 처음 한 날보다 몇 배나 더 참혹했다.

하지만 편좌방으로 돌아가는 경혼조원들 중에서 그 둘의 목소리가 제일 컸다.

"모두들 내일 두고 봐! 아예 작살을 내주겠다!"

두 사람은 특히 어제까지만 해도 자신들의 상전이었던 고선을 살기 어린 눈으로 쏘아보며 내심 내일의 박투술을 고대하고 있었다.

고선은 짓이겨진 얼굴에 그들보다 더한 살기 어린 표정을 지으며 으르딱딱거렸다.

"뭘 봐? 확 대갈통을 깨부숴서 뇌수를 훌훌 마셔 버릴 테다!"

그 말은 이제 고선의 입에 배어버렸다.

편좌방에서 경혼조원들을 기다리고 있는 사람은 진검룡과 훈용강이었다.

경혼조원들은 두 사람에 앞에 일렬로 길게 늘어섰다.

분타주 대리인 훈용강이 찾아온 터라 다들 옷매무새를 단정히 하고 긴장된 표정을 지었다.

경혼조원들이 가장 두려워하고 존경하는 사람은 진검룡이지만, 그래도 적룡당주의 체면을 세워주려는 것이다.

그러면서 적룡당주가 무엇 때문에 퇴근 시각이 다 된 지금 경혼조에 찾아온 것인지 내심 궁금한 표정들이었다.

이윽고 진검룡이 예의 무심하고도 나직한 목소리로 말문을 열었다.

"지금부터 훈용강은 경혼조원이다."

"에… 엑?"

"뭐, 뭐, 뭐요?"

순간 경혼조원들은 다들 쓰러질 정도로 놀라서 일제히 괴성을 터뜨렸다.

경혼조원 중에서 놀라지 않은 사람이 없다. 적룡당주 훈용강이 경혼조원으로 들어올 것이라고 대체 누가 꿈속에서라도 상상이나 했겠는가.

놀라움은 한참이 지나도록 가라앉지 않았다. 모두들 어떻게 된 영문인지 몰라서 진검룡을 주시했으나 그는 그 말을 끝으로 입을 다물었다. 그에게서 더 이상의 말을 기대하는 것은 무리다.

진검룡이 가볍게 고개를 끄덕이자 훈용강은 그를 향해 정도 이상으로 공손히 허리를 굽혀 보인 후 경혼조원을 천천히 둘러보고 나서 엄숙한 표정으로 입을 열었다.

"오늘 나 훈용강은 다시 태어났다. 주군의 수하가 되는 영광스러운 날이기 때문이다."

"캑! 주, 주군?"

모두들 크게 놀라는데, 낭랑은 마른침을 삼키다가 사레가 들려서 캑캑거렸다.

훈용강은 엄숙하다 못해서 경건한 표정으로 말을 이었다.

"지금 이 순간부터 경혼조원이 되어 주군께 이 한 목숨 바칠 것을 하늘에 맹세한다."

"……."

경혼조원들이 지금 훈용강의 가슴이 얼마나 터질 것처럼 부풀고 들떠 있는지 알 리가 없다.

그러나 경혼조원들은 그가 과장하거나 일부러 그런다는 생각을 추호도 하지 않았다.

우선 적룡당주 훈용강이 어떤 인물인지 잘 알고 있으며, 지금 그의 얼굴 가득히 떠올라 있는 극도의 흥분과 엄숙함이 그의 진실함을 여실히 보여주고 있었기 때문이다.

잠시의 시간이 지나자 세 사람을 제외한 경혼조원들은 훈용강이 어째서 경혼조원이 됐는지 조금쯤은 이해할 수 있게 되었다.

훈용강이 자신들의 놀랍고도 훌륭한 조장 진검룡에게 홀

딱 반해 버렸기 때문이라고 생각했다. 경혼조원 모두가 그랬 듯이 말이다.

그것을 이해하지 못하는 세 사람은 고선과 사도풍, 중혜다.

고선은 진검룡의 무서움만 알지 훌륭함에 대해서는 아직 모르고 있었다.

하지만 훈용강이 경혼조원이 된 이유를 조금쯤은 알 것도 같았다.

아마도 자신이 훈용강에게 진검룡을 제압하면 은자 오십 만 냥을 주겠다고 한 일과, 그것이 실패했을 때 훈용강이 진 검룡 앞에 무릎을 꿇고 울면서 용서해 달라고 했던 일이 연관 이 있을 것이라는 짐작이다.

그렇지만 사도풍과 중혜는 고선만큼도 진검룡에 대해서 모르고 있었다. 때로는 모르는 게 약이 될 수도 있다.

훈용강의 말이 끝났는데도 모두들 아직은 얼떨떨하고 또 적룡당주가 경혼조원이 됐다는 묘한 위압감 때문에 어색한 분위기가 이어졌다.

그때 낭랑이 흐릿한 미소를 지으면서 앞으로 한 걸음 나서 며 훈용강에게 말했다.

"네 이름이 훈용강이라고?"

경혼조원이, 더구나 여자가 이렇게 나올 줄은 예상하지 못 했던 훈용강은 뻣뻣한 자세로 고개를 끄덕였다.

"그렇다."

낭랑은 훈용강 앞을 오락가락 걸어 다녔다.

"우리 경혼조에는 구백구십구 가지의 조훈(組訓)이 있는데, 그걸 하루 만에 다 외워야 돼."

"구백구십구 가지 조훈……."

그런 말이 있다는 것은 금시초문인 훈용강이다. 하지만 특별한 경혼조에는 그런 것이 있을 수도 있다는 생각이 들었다.

사도풍과 중혜를 제외한 모두들 터지려는 웃음을 참으려고 얼굴이 시뻘개졌다. 낭랑이 훈용강을 놀리고 있다는 것을 알아차린 것이다.

"그중에 제일훈(第一訓)이 뭔지 아느냐?"

이제 낭랑이 길을 터놓으면 경혼조원들은 훈용강을 대하는 것이 한결 편해질 것이다.

"뭐… 냐?"

"조장님은 하늘이다."

"그건 맞다."

훈용강은 힘차게 고개를 끄덕였다. 그가 생각해도 그것은 분명한 사실이다. 조금 전까지 분타주 대리였던 인물이 형편없는 멍청이가 되고 있었다.

"제이훈(第二訓)은 뭘까?"

낭랑은 훈용강 앞에 어깨 쪽으로 비스듬히 서서 자신보다 머리 하나는 더 큰 그를 올려다보며 손가락으로 턱을 툭툭 건드렸다.

"모… 르겠다. 가르쳐 다오."

"선배는 조상님이다."

"······."

"복창해라. 선배는 조상님이다."

"······."

"이 자식이!"

뜨악!

"윽!"

낭랑의 발끝이 훈용강의 정강이를 걷어찼다.

"복창한다."

"서, 선배는······."

"안 들린다!"

"선배는… 조상······."

휙!

낭랑이 재차 정강이를 걷어차려고 오른발을 치켜들자 훈용강은 움찔해서 다급히 외쳤다.

"선배는 조상님이다!"

"좋아."

"크큭······."

"킥킥······."

좌중에서 웃는 소리가 흘러나오는데도 낭랑은 표정 하나 변하지 않고 진지하기만 하다.

"잘 들어라. 경혼조에는 기수(期數)가 있다."

훈용강은 의아한 표정으로 낭랑을 쳐다보았다.

낭랑은 감중연하며 딴청을 피웠다.

"조장님과 한날한시에 경혼조를 만든 조원들은 앞으로 한 걸음 나서라."

그러자 주소영과 장관웅, 와평, 조제, 동풍이 느릿하게 한 걸음씩 나섰다.

낭랑은 자랑스럽다는 듯 그들을 쓸어보며 설명했다.

"나를 비롯한 이들이 경혼조의 제일기(第一期)다."

우습게 시작한 얘기가 제법 진지하게 돌아가고 있다.

제일기라고 나선 사람들은 자못 진지하고도 감회 어린 표정이 되었다.

진검룡을 만나 경혼조원이 된 것이 엊그제 같은데 벌써 보름 이상이 후딱 지나 버린 것이다.

그러나 낭랑은 감정이 없는 사람 같았다.

"일기 들어가고 그다음 나와라."

무악과 미미, 도록이 쭈뼛거리면서 서로의 눈치를 보며 앞으로 한 걸음씩 나섰다.

"이들이 이기(二期)다. 이기 들어가고 고선 나와라."

무악 등이 썩 들어가고 뜨악한 표정으로 고선이 나섰다.

"고선이 삼기(三期)다."

그다음은 사도풍과 증혜가 나섰다.

"이 둘이 사기(四期)다."

사도풍과 중혜는 고선보다 딱 하루 늦다.

낭랑은 사도풍과 중혜를 들여보내고 훈용강 앞을 다시 오락가락했다.

"그럼 너는 몇 기일까?"

"오기(五期)다."

"정답이다. 그런데 말이 짧구낫!"

딱!

"윽!"

낭랑의 발끝이 다시 훈용강의 정강이를 강타했다.

훈용강은 이걸 어째야 하는지 진검룡을 쳐다보았다. 그러나 진검룡은 어느새 저만치 나무 침상에 벌렁 드러누워서 이쪽에는 신경조차 쓰지 않는다.

"훈용강! 너는 몇 기?"

결국 훈용강은 어쩔 수 없다는 듯 중얼거렸다.

"오, 오기… 입니다……."

"좋아. 오기는 경혼조의 막내다. 너는 뭐라고?"

훈용강의 얼굴이 조금씩 붉어졌다.

"마, 막내… 입니다……."

참고로 훈용강은 삼십이 세로 와평을 제외하곤 경혼조에서 나이가 제일 많다. 훈용강은 왠지 불길한 예감을 느꼈다.

낭랑은 척 뒷짐을 졌다.

"자, 지금부터 막내가 애교를 마음껏 부릴 수 있는 기회를 주겠다."

"애… 교라니 무슨……."

"궁둥이를 까고 신나게 흔들면서 노래를 한 곡 부르는 것이다. 비파는 내가 타주마."

결국 경혼조원들은 터져 나오는 웃음을 참지 못했다.

"푸핫핫핫핫!"

"아하하하핫!"

모두들 배를 잡고 숨이 넘어갈 듯이 웃음을 터뜨렸다. 미미와 고선은 바닥에 쓰러져서 발을 동동 굴렀고, 주소영은 눈물을 닦으면서 웃어댔으며, 나머지는 웃느라 너무 힘들어서 숨을 헐떡거렸다.

"너……."

마침내 이 모든 것이 낭랑의 장난이라는 사실을 알아차린 훈용강은 그녀에게 성큼 한 걸음 다가들었다.

"으악! 조장!"

그러자 낭랑은 발이 보이지 않게 달려가서 누워 있는 진검룡 몸 위에 찰싹 엎드리며 겁먹은 얼굴로 그의 가슴에 얼굴을 파묻었다.

"조장, 쟤 좀 말려줘… 무서워……."

그 모습을 보고 경혼조원들은 미친 듯이, 아니, 웃다가 죽을 것처럼 웃어댔다.

낭랑을 쫓아가던 훈용강도 어쩔 수 없다는 듯 이내 빙그레 미소를 머금었다.

＊　　　＊　　　＊

무악과 미미, 주소영, 낭랑은 전날 아무리 술을 많이 마셨거나 피곤하더라도 다음날에는 반드시 이른 새벽 갑시(甲時: 오전 5시)에 칼처럼 일어나는 습관이 길러졌다.

그래서 네 사람이 별채 마루에 둥글게 모여 앉아서 운공조식을 하는 것으로 하루를 시작한다.

세 명의 제자와 한 명의 비제자(非弟子)가 운공조식을 시작한 지 닷새쯤 지났을 때 진검룡은 그들에게 각각 무술을 가르쳐 주었다.

무악에게는 권각술인 구룡수(九龍手)를, 미미에겐 금나수법인 환영탐기(幻影探技)를, 그리고 낭랑과 주소영에겐 낙화유산검을 가르쳤다.

낙화유산검은 검법이지만 연검으로도 전개할 수 있기에 낭랑과 주소영이 함께 익히도록 했다.

네 사람은 먹는 시간과 자는 시간도 아깝다는 듯 무술 수련에 전력을 다했다.

무술을 익히는 데 왕도(王道)가 따로 없고 지름길이 없다고 하지만, 이들의 노력은 가히 눈물겨울 정도였고, 그래서 진전도 남달랐다.

무악은 여전히 사십이 근의 쇠붙이를 팔다리에 부착한 상태에서 목인을 상대로 구룡수를 연마했다.

처음에는 걷는 것조차 힘들어하더니 시일이 흐름에 따라 빠르게 적응하여 이제는 훨훨 날아다닐 정도가 되었다.

미미는 진흙 대신 젖은 모래로 이십 개의 얼굴 크기의 공을 만든 다음에 목인을 상대로 환영탐기를 연마했다. 그녀는 닷새마다 공의 수를 다섯 개씩 늘려갔다.

그리고 주소영은 여전히 저마포를 사용하여 목인을 상대로 낙화유산검을 수련하는데, 예전하고 달라진 점이 있다면 저마포에 물을 적시지 않는다는 것이었다.

물을 적시지 않은 저마포는 강직도가 현저하게 떨어진다. 그런데도 주소영이 휘두르는 저마포는 목표에서 한 치도 벗어나지 않고 목인의 혈도를 정확하게 적중시켰다.

낭랑은 누가 시키지 않는데도 주소영처럼 똑같이 물에 적시지 않은 저마포로 낙화유산검을 수련했다.

두 여자는 절대로 지기 싫어하는 성격이 똑같으므로 좋은 경쟁 상대가 되어 하루가 다르게 발전하고 있었다.

진검룡이 진원분타에 경혼조장으로 부임한 지 딱 한 달이 되는 날, 별채 뒤의 수련장이 완성되었다.

옥청의 계획으론, 처음에는 수련장과 주소영과 미미의 작은 방 두 개를 만들려고 했었다.

그런데 군식구였던 낭랑이 아예 이곳에 눌러앉아 버려서 수련장을 이 층으로 만들어 아래층을 수련장으로, 이층에는 방 세 개와 욕실, 작은 편좌방을 만들었다.

그렇게 하는 데 은자 열닷 냥이 들었다. 낭랑과 주소영은 한 푼도 보태지 않았고 미미가 은자 이십 냥을 냈는데, 옥청이 정중히 돌려주었다.

수련장이 완성된 날, 무악과 낭랑, 주소영, 미미는 밤늦도록 수련을 하다가 축시(새벽 2시)가 돼서야 각자의 방으로 돌아가 쓰러지자마자 잠이 들었다.

번쩍—!

우르릉! 꽈꽈꽝!

번개가 치자 주위가 대낮처럼 밝아졌다가 뒤이어 천지를 쪼갤 듯이 우렛소리가 터졌다.

쏴아아—!

진검룡이 처음 진원현에 온 날처럼 굵은 장대비가 퍼붓듯이 쏟아지고 있었다.

새벽 간시(3시) 무렵, 진검룡은 번쩍 눈을 떴다. 무슨 기척을 감지한 것이다.

쿠쫘쫘쾅! 쫘르릉!

'아아…….'

요란한 천둥소리에 옥청은 잠에서 깼다.

원래 그녀는 남달리 겁이 많은 편이다. 그러나 십칠 년 동안 혼자 무악을 키워오면서 겉으로는 강인한 체 포장을 하고 살았었다.

아무리 그래도 겁이 많은 천성은 바뀌지 않았다. 특히 오늘처럼 비가 오면서 거센 천둥까지 치는 날이면 그녀는 너무나도 무서워서 밤새 오들오들 떨며 하얗게 날을 지새우기 일쑤였다.

연약하고 겁 많은 그녀를 강하게 보이도록 만든 것은 무악이었다.

아들을 지키겠다는 지독한 모성(母性)은 험난한 세파 속에서 그녀를 꿋꿋한 여자, 아니, 젊은 과부로 만들어주었다.

그렇지만 혼자 잠을 자야 하는 밤은 다르다. 십팔 세 어린 나이에 청상과부가 되어 십칠 년 동안 혼자 살아야만 했던 여자의 밤은 보통 겁 많은 여자들의 밤보다 몇 배나 더 외롭고 길며 무서운 법이다.

"아아……."

그녀는 이불을 머리끝까지 뒤집어쓴 채 눈을 꼭 감고 오들오들 떨었다.

이렇게 하고 있으면 섬광과 천둥소리가 조그맣게 들려서

그나마 나은 편이었다.

그리고는 빨리 비와 천둥이 멎기를 기다리는 것이 그녀가 할 수 있는 전부였다.

어차피 이런 날은 잠을 못 잔다. 인간이란 자연의 위력 앞에서는 나약하기 짝이 없는 존재다.

확!

그때 갑자기 이불이 사라졌다. 옥청은 순간적으로 무슨 일인지 몰라 옆으로 누워 새우처럼 몸을 웅크린 채 가만히 있었다. 단지 허전할 뿐이었다.

그러다 잠시 지나서야 이불이 없어진 것을 깨닫고 조심스럽게 몸을 똑바로 눕히며 눈을 떴다.

"……"

그 순간 옥청은 소스라치게 놀라서 두 눈을 커다랗게 뜨고 입을 벌렸다.

그녀 앞에 하나의 시커먼 물체가 우뚝 서 있었다. 비를 흠뻑 맞은 모습인데 몸에서 물이 뚝뚝 떨어지고 있으며, 그의 한 손에는 이불이 쥐어져 있었다. 그가 이불을 젖힌 것이다.

혼비백산한 옥청은 있는 힘을 다해서 비명을 질렀다.

"으… 읍……"

그러나 비명은 질러지지 않고 답답한 신음 소리만 겨우 흘러나올 뿐이었다.

그 시커먼 물체, 아니, 거구의 사내가 솥뚜껑만 한 커다란 손으로 그녀의 입을 덮어버렸기 때문이다.

그뿐만이 아니라 사내는 똑바로 누운 옥청의 배 위에 올라앉아서 다른 손으로 거침없이 그녀의 민소매 상의 잠옷을 찢어발겼다.

찌이익! 찍!

"으으… 읍……."

옥청은 빠르게 벌거벗은 몸이 되어가면서 미친 듯이 발버둥을 쳤으나 사내의 거세게 찍어 누르는 강한 힘 앞에서는 역부족이었다.

순식간에 그녀의 상체는 알몸이 되었다. 작은 어깨와 터질 듯이 풍만한 젖가슴이 공포에 질려서 출렁거렸다.

사내는 거기에서 멈추지 않고 손을 뒤로 돌려 옥청의 저마포 잠옷 반바지를 거칠게 잡아채서 간단하게 찢어버렸으며, 속곳까지도 벗겨 버렸다.

옥청은 자신이 누군지도 모르는 낯선 남자에게 겁탈을 당한다는 생각에 너무 겁이 나서 정신이 아득해졌다.

그런데 그때 그녀의 망막에 가득 떠오르는 한 사람의 모습은 다름 아닌 진검룡이었다.

어째서 이런 급박한 상황에 그의 모습이 떠오르는지 모를 일이다. 하지만 지금 그는 자고 있을 것이다. 그가 옥청을 도와주러 올 리가 없다.

순간 그녀는 자신의 입을 막고 있는 사내의 손을 죽을힘을 다해서 물어뜯었다.

"윽……."

퍽!

사내가 나직한 신음을 흘리는가 싶더니 주먹으로 옥청의 얼굴을 사정없이 갈겼다.

단지 한 대의 주먹질에 옥청은 그대로 축 늘어졌다. 그리고 의식이 가물가물 흐려지는 것을 느꼈다.

그녀는 정신을 잃지 않으려고 기를 썼다. 그녀의 눈에는 어느새 눈물이 가득 고였다.

그 뿌연 눈물 너머로 사내가 벌떡 일어나서 황급히 자신의 옷을 벗는 모습이 보이더니 곧 털북숭이 하체가 드러났다.

그리고는 사내의 가랑이 사이에서 단단하고 커다랗게 발기한 음경이 건들거리는 것이 보였다.

사내는 나신이 된 옥청의 몸 위에 엎드려 허겁지겁 그녀의 두 다리를 활짝 벌렸다.

옥청은 반항해야 한다고 생각하면서도 어찌 된 일인지 몸이 전혀 말을 듣지 않았다. 조금 전에 사내의 주먹에 얻어맞은 충격 때문이었다.

그녀의 다리가 활짝 벌려지고 사내의 음경이 옥문 근처에 닿는 느낌이 들었다.

소름이 확 끼쳤다. 혀를 깨물려고 시도해 봤으나 입조차 움직여지지 않았다.

그런데 그때 갑자기 옥청의 몸 위에서 사내의 몸이 사라졌다. 아니, 번쩍 허공으로 떠올랐다.

옥청은 눈물을 쏟고 있어서 잘 보이진 않았으나 자신의 몸에서 사내의 무게감이 사라졌다는 것과, 사내의 몸이 허공에서 대롱거리고 있는 모습이 부옇게 보였다.

"으으… 뭐냐, 이놈… 놔라……."

사내가 우렁우렁한 목소리로 더듬거렸다.

그 목소리를 듣는 순간 옥청은 그가 누군지 깨달았다.

몇 달 전인가, 주루에 처음 온 숭무관의 무사인데 그때 옥청을 보고 한눈에 반해서 그때부터 열흘에 한두 번은 꼭 찾아와서 그녀를 괴롭혔었다.

낯선 사내가 젊고 아름다운 과부를 괴롭힐 일이 무에 있겠는가. 혼자 사는 과부라고 만만하게 여기고 어떻게든 육욕의 대상으로 삼고 싶은 욕심인 것이다.

그런데 그자가 오늘 밤 몰래 잠입해서 옥청을 욕보이려 하고 있는 것이다.

뿌득!

"캑!"

그때 뭔가 부러지는 소리와 답답한 신음 소리가 허공중에서 동시에 터졌다.

쿵!

뒤이어 묵직한 음향이 들리더니 잠시 고요한 적막이 흘렀다.

옥청은 무슨 일이 일어났는지 알기 위해서 정신을 잃지 않으려고 힘껏 입술을 깨물었다.

그리고 그녀는 보았다, 그녀의 발치에 한 사내가 우뚝 서서 그녀를 굽어보고 있는 광경을.

"아아……."

그녀를 욕보이려던 사내가 분명했다. 그자가 어째서 겁탈을 하다가 갑자기 일어났는지는 모르겠지만, 또 다른 공포가 그녀의 온몸을 휩쓸었다.

여전히 몸을 움직일 수 없는 그녀는 사내가 다리를 활짝 벌려놓은 그 자세로 바들바들 온몸을 떨어댔다.

그녀의 가녀린 몸에 비해 커다란 젖가슴이 파도처럼 마구 출렁거렸다.

그때 우뚝 서 있는 사내가 조용히 중얼거렸다.

"나요."

"……!"

그 순간 옥청은 예전에 자신이 한매궁 뇌옥에 갇혀 있을 때 자신을 구하러 와주었던 진검룡의 목소리가 퍼뜩 떠올랐다. 지금 이 목소리는, 그리고 말은 그때와 똑같았다.

그녀의 커다란 두 눈에 가득 담긴 눈물과 눈동자가 반짝였다. 그리고 얼굴에는 기대 어린 표정이 떠올랐다.

"검룡··· 당신인가요······?"

"그렇소, 나요."

사내 진검룡이 부드럽게 말하면서 옥청 옆에 조용히 앉았다.

"아아··· 당신이군요······. 검룡··· 당신이에요······."

평소에는 감히 얼굴조차 마주 바라보지 못했던 그녀가 지금은 그의 이름을 거침없이 부르고 있다.

"그렇소, 나요."

진검룡은 또다시 부드럽게 똑같이 말해주었다.

"으흐흑··· 검룡!"

옥청은 갑자기 벌떡 일어나 진검룡의 품으로 뛰어들었다.

진검룡은 눈부신 나신을 파득파득 떨면서 소리 죽여 흐느껴 우는 옥청을 가슴에 안고 부드럽게 등을 쓰다듬었다.

"이제 괜찮소. 그자는 죽었소."

옥청을 겁탈하려던 사내는 저만치에서 목뼈가 부러진 채 널브러져 있었다.

하지만 옥청은 그런 것은 어쨌든 상관이 없었다. 단지 진검룡이 자신을 구하러 와준 것만이 너무도 고맙고 감격스러울 뿐이었다.

"흐흐흐흑······."

옥청은 그날 한매궁 뇌옥에 이어 두 번째 진검룡의 품에 안겨서 내장을 다 쏟아낼 것처럼 울고 있었다.

그리고 그때 그녀는 처음으로 진검룡이 자신의 남편이었으면 좋겠다는 생각을 했다.

진검룡은 그녀의 뺨을 쓰다듬으면서 얼굴을 자세히 살펴보더니 관자놀이 부위가 벌겋게 부어오른 것을 발견했다. 사내에게 맞은 곳이다.

그는 옥청의 맞은 부위에 손을 감싸고 부드러운 진기를 주입시켰다.

잠시의 시간이 지나자 옥청은 고통이 사라지고 오히려 상쾌한 느낌이 온몸으로 퍼지는 것을 느꼈다.

벌겋게 부어올랐던 관자놀이 부위도 언제 그랬느냐는 듯 말끔히 가라앉았다.

"옷을 입어야겠소. 옷이 어디에 있소?"

진검룡이 옥청을 품에 안은 채 조용히 말하자 그녀는 도리질 치면서 그에게서 떨어지지 않으려고 했다.

"흑흑흑……."

그리고는 울기만 했다.

그날 진검룡은 옥청의 방에서 잤다.

*　　　　*　　　　*

한 필의 말과 한 대의 수레가 진원분타 전문을 통해서 관도로 나왔다.

한 필의 말 마상에는 진검룡이 우뚝 타고 있었고, 수레에는 부조장 주소영을 비롯한 경혼조원 십삼 명이 옹기종기 타고 있었다.

두 필의 말이 끄는 수레의 마부석에는 와평과 조제가 앉았고, 수레에는 약간의 짐이 실렸으며, 나머지 열한 명이 눕거나 앉아서 편한 자세로 따사로운 햇살을 맞고 있었다.

경혼조원들은 짐에 기대기도 하고 동료에게 기대거나 무릎을 베고 누운 사람들도 있었다.

다각다각. 덜컹… 덜커덩.

진검룡이 탄 말이 앞서고 수레가 그 뒤를 따르면서 천천히 관도 위를 굴러갔다.

그때 활짝 열려 있는 전문으로 진원분타의 모든 사람들이 몰려나왔다.

추혼향주 양구와 창룡당주 전술은 물론이고, 탈혼조장 일격부 호태곤과 창룡당 휘하의 모든 조원들, 그리고 적룡당 휘하 이 개 향의 조원들도 쏟아져 나왔다.

그들은 천천히 멀어지고 있는 경혼조원들을 감회 어린 표정으로 바라보았다.

그중에서 특히 적룡당 휘하 이 개 향 사 개 조의 조원들 칠십여 명의 시선은 멀어지는 수레의 뒷부분에 집중되었다.

수레 끄트머리에는 훈용강이 걸터앉아 빙그레 미소 짓고 있었다.

적룡당 휘하 조원들은 얼마 전까지만 해도 자신들의 우두머리였던 훈용강이 경혼조원이 되어 떠나는 광경을 복잡한 표정으로 지켜보았다.

그렇지만 훈용강의 얼굴에는 더없이 만족한 미소가 가득 떠올라 있었다.

전문 앞에 몰려나와 있던 진원분타 사람들은 진검룡과 경혼조원의 모습이 시야에서 사라질 때까지 그 자리에서 떠날 줄을 몰랐다.

그들이 아득히 한 점으로 작아졌을 때 전술이 의미심장하게 중얼거렸다.

"이제 곤명성이 시끄러워지겠군."

양구가 빙그레 미소 지으면서 받아넘겼다.

"허허허! 경혼은 어디에 가도 경혼이지요."

진원현을 벗어날 즈음, 경혼조원들 앞에 한 대의 수레가 관도 가에 멈춰서 기다리고 있었다.

수레 옆에는 깨끗한 옷을 차려입은 옥청이 다소곳이 서 있었는데, 마치 한 폭의 인물화인 듯 청초하고 아름다웠다.

경혼조원들을 발견한 옥청은 얼굴을 발그레 붉히며 환한 표정을 지었다.

아니, 그녀의 시선은 선두에서 오고 있는 진검룡에게 고정되어 있었다.

"어머니!"

"엄마!"

옥청을 발견한 무악과 미미가 수레에서 내려 그녀에게 달려가며 반갑게 외쳤다.

이즈음에는 미미도 옥청을 엄마라고 부르면서 친딸처럼 따르고 있었다.

옥청 옆에 멈춰 있는 수레에는 그녀와 무악의 간단한 세간이 단출하게 꾸려져 있었다.

무악과 진검룡마저 진원현을 떠나 버리고 나면 옥청은 혼자 남겨지게 된다.

그렇게 되면 그녀는 진원현에 남아 있을 이유가 없었다. 또한 젊은 과부 혼자 무슨 일을 당할지도 모르는 일이다.

그래서 진검룡의 결정에 따라 그녀도 함께 곤명성으로 가기로 한 것이다.

다각다각… 덜컹… 덜거덕.

이윽고 한 대의 말과 두 대의 수레가 느릿하게 출발했다.

옥청네 수레의 마부석에 그녀와 무악, 미미가 나란히 앉으니까 비좁았다.

옥청은 앞서 가는 진검룡을 말끄러미 바라보았다. 그녀의 눈빛은 마치 '저이의 넓은 등에 꼭 안겨서 함께 타고 가면 좋을 텐데…' 하는 듯했다.

"사부님! 여기 비좁아요!"

"아유~! 사부님! 좁아서 떨어지겠어요!"

그때 무악과 미미가 서로 눈짓을 교환하더니 진검룡을 향해 울상을 지으며 소리쳤다.

그러자 진검룡이 속도를 늦춰서 천천히 옥청의 수레 옆으로 다가왔다.

옥청은 얼굴이 빨개져서 고개를 숙인 채 가만히 있었다.

슥—

그때 수레와 나란히 가던 진검룡이 옥청을 향해서 손을 불쑥 내밀었다.

옥청은 부끄러우면서도 기쁜 표정을 감추지 않고 조심스럽게 손을 내밀어 그의 손을 마주 잡았다.

휙!

"어머?"

그러자 진검룡이 그녀를 가볍게 잡아당겨서 말에 태웠다.

그런데 그녀의 바람대로 그의 넓은 등 쪽이 아니라 앞쪽이었다.

그녀는 어쩔 줄 몰라 하며 몸을 웅송그린 채 가만히 있었다. 그녀의 작고 가녀린 몸은 커다란 체구의 진검룡 품속에 완전히 폭 파묻힌 모습이다.

그때 진검룡이 앞을 보며 무뚝뚝하게 중얼거렸다.

"몸에 힘을 빼고 편안하게 기대시오."

"네……."

그렇게 하지 않으면 큰일이라도 날까 봐 옥청은 시키는 대로 얌전히 따랐다. 그랬더니 너무나도 편안했다. 세상에서 이처럼 편안한 자세는 없을 것 같았다.

그때 뒤따르는 경혼조원들이 휘파람을 불고 악을 써대면서 난리를 쳤다.

휘이익─! 휙! 휙!

"어이! 거기 두 사람, 잘 어울리는데?"

"이참에 확 혼인해 버리슈!"

"조장님! 곤명성에 가면 그냥 살림 차려 버리지 뭐!"

옥청은 너무도 부끄러워서 몸을 살짝 틀면서 진검룡의 품속으로 파고들었다.

"몰라요……."

단언하건대, 지금의 그녀는 십팔 년 전에 무악 아버지를 처음 만났을 때보다 더 가슴이 설레고 행복했다.

그때 경혼조원이 탄 수레에서는 작은 소요가 일어나고 있었다. 낭랑과 주소영, 고선이 몸을 곧추세우고 조원들을 둘러보며 험악한 분위기를 조성하고 있는 것이었다.

"방금 조장하고 주루집 과부하고 혼인하라고 소리친 놈 누구야? 썩 안 나와?"

"이 자식들이 터진 입이라고 함부로……."

"어떤 놈인지 걸리면 대갈통을 뽀개서 뇌수를 홀홀 마셔 버릴 테다! 썅!"

『대중원』4권에 계속…

저작권 보호!!
장르문학의 성장에 힘이 되어주십시오.

저작물의 무단 전재와 복제, 불법 다운로드!
이것은 관심이 아니라 무관심입니다!

작가님들은 창의적 열정과 시간을 투자해 자신의 꿈과 생계를 유지합니다.
한 권의 책을 만들어 많은 사람들은 자신의 인생과 미래를 설계합니다.

저작물 속에는 여러 사람의 노력과 희망이
담겨 있습니다!

저작물의 무단 전재와 복제, 불법 다운로드는 여러 사람들의 꿈과 생계를
위협함으로써 장르문학을 심각한 상황에 빠뜨리고 있습니다.

이제는 무관심이 아니라 관심으로 장르문학의
성장에 힘이 되어주세요.

[도서출판 **청어람**은 항시적인 저작권 보호를 통해 장르문학과
여러분의 희망을 지키겠습니다.]

도서출판
청어람

조종호 新무협 판타지 소설

十變化身
십변화신

"너는 죽는다."

"……!"

뇌서중은 자신도 모르게 번쩍 고개를 치켜들어 뇌력군을 올려다봤다.

"다시 말해주랴? 난호가 망혼곡에 들어가면 네놈은 반드시 죽는다."

비밀에 싸인 중원 최고의 살수문파 망혼곡(忘魂谷).
그곳에서 십 년 만에 돌아온 화사평은 기억을 지우고
평화로운 삶을 꿈꾸지만,
주위엔 가문을 위협하는 자들이 존재하고 있었으니……

그의 손엔 망혼곡 삼대기문병기
용편검(龍鞭劍), 명혼기수(冥魂起手), 엽섬비(葉閃匕).
얼굴엔 서로 다른 열 개의 괴이한 가면.

망혼곡주 십변화신!
그가 일으키는 폭풍의 무림행!

Book Publishing CHUNGEORAM

유행이 아닌 자유추구 -
WWW.chungeoram.com

백야 新무협 판타지 소설

醉佛狂道
취불광도

「무림포두」, 「염왕」의 작가 백야!
그가 칠 년 동안 갈고닦아 온 역작 「취불광도」!

강호 일신(一神), 검신 한담(邯覃).
오직 검 한 자루로 무림을 지배하고 다스리는 인물.
강호를 지배하는 또 하나의 손, 또 하나의 검…….

기이한 파계승의 손에서 자란 나정은 스승과 함께 떠난 무림행에서
이십 년 전의 혈난을 만들어낸 금단의 무공을 만나게 되고……

그에게 잠재되어 있던 거대한 힘이 운명의 안배에 따라 깨어난다!

어린 동자승, 나정이 만들어가는 무림 기행!
또 하나의 전설이 이제 시작된다!

Book Publishing CHUNGEORAM

유행이 아닌 자유추구 -
WWW.chungeoram.com

무적문주

눈매 新무협 판타지 소설

강호가 혼란할 때마다 나타났던 전설의 문파
강호인들은 그들을 무적문이라 부른다.

마도천하의 시대. 명문정파 비검문은 유일한 계승자인 설화를 보호하기 위해
표운성이라는 청년을 찾는데……

"혜혜, 돈 좀 주셔야겠는데요?"

걸핏하면 돈! 돈! 돈!
세상에서 가장 좋은 것도 돈이요, 가장 귀한 것도 돈이다.

그를 은밀히 따르는 어둠 속의 사군자(死軍者)들
서서히 드러나는 무적문의 실체

"은자의 은혜만 받는다면 나 표운성, 이루지 못할 것은 없다!"

돈에 환장한 문주가 나타났다!

Book Publishing CHUNGEORAM

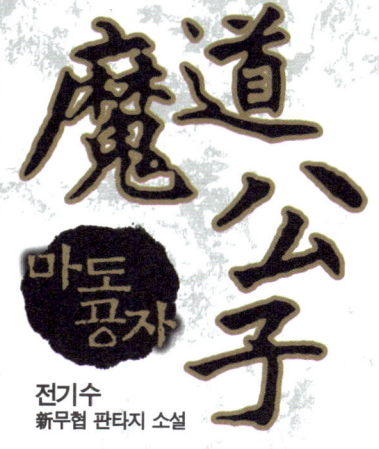